cDv
DRESSLER

Joanne Bell

UNTERWEGS IN DER WILDNIS

Deutsch von Anja Malich

Cecilie Dressler Verlag · Hamburg

Danksagung

Ich danke Mary, Ren und Elizabeth, dass sie meine Geschichten gelesen haben, Alex W., dass er mir bei den Hunden geholfen hat, und den Mitgliedern des »Dawson Young Author's Club« für die Jahre begeisterten Schreibens.
Ganz besonders dankbar bin ich meinem Vater, der mich angetrieben hat, und meiner Mutter, die ihren Sinn für das Schöne an mich weitergegeben hat.
Schließlich möchte ich Mikin dafür danken, dass er Mikin ist.

Originaltitel: Breaking Trail

First published in Canada by Groundwood Books Ltd.
Aus dem Englischen von Anja Malich
Einbandillustration von Felix Eckardt
Satz: Dörlemann Satz, Lemförde
Druck und Bindung: GGP Media GmbH, Pößneck
Printed in Germany 2007
ISBN 978-3-7915-2674-4

www.cecilie-dressler.de

Für Elizabeth

PROLOG

Bears Kopf stößt fast an die Decke von Dads Pick-up. Ich küsse ihn auf die Nase und wühle mein Gesicht in sein schwarzes Fell.

»Ich bekomme Hunde, die genauso schlau und gut sind wie du«, versichere ich ihm. Bear ist Dads Leithund, eine Mischung aus Irish Setter und Neufundländer.

Den Blick auf die gesprungene Windschutzscheibe gerichtet, bellt er tief wie ein Löwe.

Lachend werfe ich die Tür zu.

»Bis später, Bear.«

Als er jaulend seinen kräftigen Kopf aus dem Fenster streckt, werfe ich ihm einen letzten Kuss zu. Dann renne ich Dad und Tom nach. Tom ist ein mürrischer Mann mit grauem Bart, der Schlittenrennen fährt und Hunde züchtet.

»Warte auf mich, Dad!«, rufe ich.

Heute ist der beste Tag in meinem Leben. Seit ich denken kann, bin ich mit Dads Schlittenhundegespann unterwegs. Und nun bekomme ich mein eigenes.

Nachdem wir an Toms Blockhaus und mehreren Schuppen vorbeigegangen sind, kommen wir zu einem Platz, auf dem in langen Reihen Hundehütten aus Sperrholz stehen. Vor jeder

Hütte ist ein langbeiniger Husky an eine Eisenstange gekettet. Kläffend kreisen die Hunde um die Stangen wie Kinder beim Karussellfahren. Es stinkt nach Urin.

Wortlos geht Tom an den Tieren vorbei. Der ganze Platz ist von Bellen, Kläffen und Heulen erfüllt.

»Die sind wertvoll«, brüllt er über den Lärm hinweg, »stammen allesamt von erfolgreichen Rennhunden ab.«

Mit den Handschuhen halte ich mir die Ohren zu. Die Hunde sehen alle gleich aus – wilde, graue, vorbeijagende Schatten. Tiere, die vor allem auf Leistung gedrillt sind, aber nicht als Gefährten für Menschen gehalten werden.

»Haben Sie noch andere?«, frage ich.

»Ja, habe ich, aber die taugen nichts, die kann man nicht verkaufen.«

Wir bleiben am Ende des Platzes stehen, wo zwei Hunde stumm vor ihren Hütten hocken. Als sie uns sehen, ziehen sie sich so weit wie möglich zurück. Nur ein struppiger, schwarzer Hund mit weißen Pfoten versucht, auf den Hinterläufen in meine Richtung zu tänzeln. Er schaut mir in die Augen und quiekt wie ein Welpe.

Tom lässt seine Zigarettenkippe fallen und tritt sie mit dem Absatz in den Schnee.

»Was meinst du, Dad?«, frage ich.

Doch Dad hört mir nicht zu. Er hat die Hände in den Taschen seines Overalls vergraben, sein Blick ist starr auf die Berge am Horizont gerichtet.

»Ich habe die drei hier von einem Freund übernommen, der fortgezogen ist«, fährt Tom fort. »Die haben nicht mal ihr Futter verdient, Becky. Er hat es einfach nicht geschafft, sie zum Laufen zu bringen.«

Ich strecke meine Hand nach dem tänzelnden Hund aus.

»Hi«, flüstere ich und kraule ihn am Ohr. Sofort setzt er sich nieder, schnuppert an meiner Hand und schmiegt sich gegen meine Beine. Genauso verhält sich Bear, wenn ich ihn streichele.

»Die will ich«, sage ich und gehe zu den beiden Hunden, die vor den Hütten kauern. Sie weichen zurück.

»Wenn du ein Gespann aufbauen willst, dann nimm ein paar Welpen. Ich habe da einen Wurf, der fast alt genug ist, um verkauft zu werden. Die drei hier sind doch nicht zu gebrauchen. Die ziehen gar nichts. So schwer es mir auch fällt, wahrscheinlich muss ich sie erschießen.«

Zu spät. Ich bin bereits dabei, ihre Ketten abzumachen.

Wenn ich sie richtig behandele, werden diese Hunde für mich einen Schlitten ziehen. Mit ihnen beginne ich mein Gespann. Eines Tages werde ich Rennen mit ihnen fahren. Und Dad wird mir helfen, sie zu trainieren.

Aus diesen drei Tieren, die angeblich nichts taugen, werde ich ein Gespann aufbauen. Ich werde lernen, wie man Hunde ausbildet, indem ich es einfach versuche. Dann werde ich mit der Zucht anfangen und mit den besten ihrer Nachkommen arbeiten, bis ich mindestens fünfzehn schnelle und zugängliche Rennhunde habe. Bis dahin werde ich alt genug sein, um an langen Rennen wie dem Yukon Quest teilzunehmen.

Das Quest-Rennen findet jedes Jahr im Februar statt und führt zwischen Fairbanks in Alaska und Whitehorse im kanadischen

Bundesstaat Yukon über vier Bergpässe sowie am Yukon-Fluss entlang. Die Sieger brauchen meist ungefähr elf Tage. Nachts schlagen die Teilnehmer draußen ihr Lager auf oder schlafen in Blockhütten, die an der Strecke liegen. Manchmal sind sie bis zur letzten Etappe alle gemeinsam unterwegs und kochen mit der ganzen Gruppe am offenen Feuer im Schein der Nordlichter.

Und Dad? Er wird mein Helfer sein. Das hat er mir bereits vor Jahren versprochen, als ich zum ersten Mal erzählt habe, dass ich Hundeschlittenrennen fahren will. Ein Musher, der Lenker eines Schlittenhundegespanns, arbeite immer eng mit seinem Helfer zusammen, hat er damals gesagt. Das müsse so sein, damit die Tiere gut versorgt sind.

»Dad?«, spreche ich ihn mit den Hundeketten in der Hand an.

Keine Antwort.

Der schwarz-weiße Hund springt an mir bis zur Brust hoch.

Inzwischen hat Dad den Blick nicht mehr auf die Berge gerichtet.

Er starrt auf den Boden.

KAPITEL 1

»Nimm einen Stock, Becky«, brüllt Dad über den Lärm seiner bellenden Hunde hinweg. Ungeduldig auf den Hinterbeinen springend können sie es kaum erwarten loszulaufen. »Wir können deinetwegen nicht dauernd anhalten.«

»Nein«, sage ich. »Keinen Stock.« Wir sind den ersten Tag unterwegs und meine Schultern und Beine schmerzen.

»Na, dann viel Glück«, ruft Dad.

Mum ist bereits so weit vor uns, dass sie nicht mehr zu sehen ist. Sie legt mit den Schneeschuhen eine Spur für uns an. Dad springt auf die Kufen seines großen Tourenschlittens und zieht die Bremse aus dem Schnee.

»Fertig«, befiehlt er seinen sechs Hunden. Gemeinsam hechten sie nach vorn und die Zugleinen spannen sich. »Los geht's! Lauft!«

Bear, Dads Leithund, setzt sich mit erhobenem Schwanz in Bewegung. Mein Leithund, Ginger, dagegen windet sich im Zuggeschirr. Seufzend springe ich von den Kufen und schiebe meinen Schlitten von hinten an.

»Fertig«, rufe ich mit fester Stimme.

Ginger legt sich nieder. Mit ihrem weißen Fell ist sie im Schnee schwer zu sehen. Sie hat die langen Beine und die schmalen Hüften eines Rennhundes. Vom Körperbau ist sie fürs Laufen wie gemacht, aber sie ist schwer zu trainieren, weil sie so scheu ist. Wenn ich eine plötzliche Bewegung mache, weicht sie zurück. Ich glaube, sie wurde früher schlecht behandelt oder vernachlässigt, und ich will sie nicht anschreien oder treten, wie ich es bei anderen Mushern gesehen habe. Wenn sie gehorcht, bekommt sie von mir eine Belohnung und wird gestreichelt.

Doch zunächst muss sie wenigstens aufstehen.

»Los geht's«, rufe ich.

Pepper, der Hund, der in der Mitte laufen soll, springt hoch. Am Morgen war er so aufgedreht, dass Dad seinen Kopf festhalten musste, damit ich ihm sein Zuggeschirr anlegen konnte. Ans Halsband habe ich ihm ein Stück Leder gebunden, auf dem er kauen kann, wenn er zu übermütig wird. Sonst würde er sein Geschirr anknabbern – auch aus dem Grund wurde er als wertlos betrachtet.

Pepper ist schwarz mit weißer Maske und hat Pfoten wie ein Pandabär. Schon wenn ich ihn ansehe, muss ich lächeln. Als ich ihn am ersten Tag losgebunden habe, ist er keinesfalls zusammengezuckt. Vielmehr hat er mich umgerannt! Für ihn gibt es nichts Schöneres als Laufen. Dabei etwas hinter sich herzuziehen behagt ihm allerdings noch nicht.

Salt, mein Wheeler, der direkt vor dem Schlitten eingespannt ist, winselt. Er ist mager und nicht einmal ein Jahr alt, weiß aber bereits genau, was er will. Er hat grauweißes Fell, eine spitze Schnauze und hellblaue Augen, die wie Eis glänzen.

»Völlig sinnlos«, hatte Tom, der Schlittenhundezüchter, gemur-

melt, als er mir Salts Kette übergab. »Zeitverschwendung, sich mit ihm abzugeben.«
Am Morgen hatte ich ihn nur mit Mühe in sein Zuggeschirr bekommen, indem ich ihm gut zusprach. Als ich ihn endlich an die richtige Position gebracht hatte, rollte er sich zusammen, sodass die beiden anderen Hunde ihn zunächst mitzerren mussten. Minutenlang jaulte und heulte er. Dann begann er zwar loszutrotten, zog jedoch zur Seite und stemmte bald wieder die Pfoten in die Erde. Sein Jaulen wich einem kurzatmigen Schnaufen, als er von Pepper mitgeschleift wurde.
Grundsätzlich sollte der größte und stärkste Hund direkt vor dem Schlitten laufen und sicherstellen, dass das Gespann gerade fährt. Man nennt ihn dann Wheeler. Salt hat einen kräftigen Knochenbau. Wenn es mir gelingt, dass er ein wenig Gewicht zulegt und trainiert, müsste seine Brust breit und muskulös werden.
»Lauft!«, rufe ich lauter.
Endlich steht Ginger auf und streckt sich. Doch ich kann sie nicht belohnen, wenn sie sich noch nicht einmal in Bewegung setzt!
In meinem Magen rumort es. Ruhig bleiben, ermahne ich mich selbst. Dad betont immer wieder, wie wichtig es ist, ruhig zu bleiben, damit die Hunde nicht nervös werden. Sie anzuschreien ist das allerletzte Mittel, sonst haben sie keinen Respekt vor dem Musher.
Als ich zu Ginger gehe, weicht sie zurück. Ich greife nach ihrem Geschirr und laufe neben ihr her, bis auch die anderen Hunde und der Schlitten sich in Bewegung setzen.

»Los geht's«, wiederhole ich.
Ich will einen Leithund wie Bear, denke ich, während ich mich neben der Spur in den Schnee fallen lasse. Einen, der zu mir kommt und nicht in die andere Richtung zieht. Ich will einen Leithund, dem ich vertrauen kann.
Meine Hunde zuckeln weiter. Ich greife nach dem Handbogen, der an mir vorbeigleitet, springe auf die Kufen und stoße mich abwechselnd mit beiden Füßen ab. Doch jedes Mal, wenn ich damit aufhöre, bleiben meine Hunde stehen.
In der Ferne höre ich, wie Dad seinen Hunden befiehlt anzuhalten. Sobald er mich sieht, fährt er weiter. Nur Bear schaut sich um, ob ich komme.
So geht es den ganzen Tag, meinem ersten Tag mit dem eigenen Gespann. Immer wieder wartet Dad auf mich. Ich stoße mich ab und schiebe, während meine Hunde mit eingezogenen Schwänzen vorwärtstappen.

KAPITEL 2

Am Abend beobachte ich Dad durch den Eingang des Zeltes. Er schläft draußen in seinem Schlitten. Hinter ihm rutscht der tauende Schnee von den Bergen. Nur dort draußen kann er allein sein und Reden strengt ihn an. Das Gefährt ist einen Meter achtzig lang, aber so schmal, dass Dad nur flach auf dem Rücken liegen kann.

Meine Arme schmerzen. Heute habe ich mit meinen Hunden fast zwanzig Kilometer zurückgelegt. Allerdings musste ich den größten Teil der Strecke von hinten schieben, da sie kaum gezogen haben.

Fröstelnd lege ich ein weiteres Stück Holz in den Ofen. Wenn das Feuer darin erlischt, kühlt das Zelt schnell aus. Die Wände sind aus Stoff und im Dach gibt es eine Öffnung mit Metallrand für den Abzug des Ofens. Es hat keinen Boden.

Letztes Jahr musste ich mit meiner kleinen Schwester Rachel und ihrer rot gestreiften Katze Taffy bei Dad mitfahren. Taffy benimmt sich, als wäre sie Rachels Junges. Sie folgt ihr überallhin, außer wenn Rachel sie in den Schlittensack stecken will. Dann wird sie ganz wild, aber es gibt wohl keine Katze, die sich gern von Hunden ziehen lassen würde!

Wir sind auf dem Weg zu unserem früheren Zuhause in den

Bergen. Seit einem Jahr sind wir nicht mehr in dem Blockhaus gewesen, das wir in Dads ehemaligem Revier gebaut haben.

Vor zwei Jahren hat Dad das Fallenstellen aufgegeben. »Der Markt ist kaputt«, hat er Mum erklärt. »Dem Pelzmarkt ist die Grundlage entzogen worden, in vielen Ländern ist der Verkauf von Pelzen bereits verboten. Die Preise sind im Keller.«

Früher hat Dad fast immer gelacht, aber als er das sagte, lachte er nicht. »Das Problem ist, dass ich mein ganzes Leben im Wald und in den Bergen verbracht habe. Ich kann nichts anderes.«

Dann, seit wir letztes Jahr für den Sommer in die Stadt zogen, blieb Dad tagsüber einfach mit der Mütze über dem Gesicht auf dem Sofa liegen. Er redete nicht mehr mit mir, es sei denn, ich hatte ihn etwas gefragt, und auch dann antwortete er nur mit Ja oder Nein. Manchmal legte sich Bear vor dem Sofa auf den Fußboden, doch Dad sprach nicht einmal mit ihm.

Mum sagte, dass mit Dads Gemüt etwas nicht in Ordnung sei. Mit dem Gemüt sei es wie mit jedem anderen Körperteil, erklärte sie. Genauso wie ein gebrochenes Bein könne man auch ein krankes Gemüt haben. Dad sei nicht etwa traurig, weil wir ihm etwas getan hätten oder er uns nicht mehr lieb hätte. Seine Traurigkeit rühre vielmehr von seiner Gemütserkrankung her.

Die Krankheit hat einen Namen: Depression.

Früher sind wir immer im Herbst zu unserem Blockhaus in die Berge zurückgekehrt, wo ich vormittags Fernunterricht hatte. Nachmittags konnte ich dann fischen gehen oder mit Rachel

Forts im Wald bauen. Oft fiel die Schule für mich aus, da wir den ganzen Tag mit unserem Hundegespann im Revier unterwegs waren.

Mum mag es nicht, wenn die Hunde vor den Schlitten laut bellen, und geht deshalb in der Wildnis immer voraus. Sie ist Holzschnitzerin, und während sie in der Stille auf ihren Schneeschuhen vorausläuft, sammelt sie gern Ideen. Am Abend im Zelt macht sie dann eine schnelle Skizze von ihren Eindrücken und fertigt daraus später in Ruhe Schnitzarbeiten an.

Mums Kunstschnitzerei ist anders als alles, was ich sonst gesehen habe. Sie spaltet ein Holzscheit – Fichte oder Birke – und überträgt darauf mit Bleistift die Bilder, die sie auf Papier skizziert hat. Dann schnitzt sie mit einem Messer außen um die Linien auf dem Holz herum, bis das Bild als Relief hervorsteht. Farbe benutzt sie nie. Wenn etwas dunkler sein soll, brennt sie es. Sie mag es schlicht – nur schwarz und weiß, die natürliche Maserung und der Geruch von Holz.

Für Mum ist diese Unternehmung wichtig, weil der Besitzer der neuen Galerie in der Stadt von ihr eine Serie von Schnitzarbeiten über das Familienleben in den Bergen abseits der Zivilisation haben möchte. Sie soll im nächsten Monat, wenn wir in die Stadt zurückkehren, fertig sein – rechtzeitig für die Touristensaison.

Für mich bedeutet diese Reise aus anderen Gründen viel. Zum ersten Mal habe ich mein eigenes Schlittenhundegespann. Doch sie ist vor allem deshalb etwas Besonderes, weil Dad Depressionen hat. Mum hat uns erklärt, er müsse sich erholen und könne keinerlei Stress oder Lärm ertragen. Einigen Leuten würden die Berge helfen, ihre Depressionen zu überwinden, da sie dort ihren inneren Frieden finden.

Aber sie hat uns nicht alles erzählt. Eines Abends, als Dad nicht zu Hause war und sie glaubte, ich würde schlafen, habe ich sie vom Flur aus belauscht. Sie saß mit dem Rücken zu mir und telefonierte mit einer Freundin.

»Ich weiß nicht, was ich tun werde, wenn diese Tour ihm nicht hilft«, sagte sie.

Für eine Minute war es still.

»Für ihn wäre es besser, allein zu leben. Und für die Mädchen wäre es auch leichter.«

Nach einer weiteren Pause fuhr sie fort: »Vielleicht schlägt dieses neue Medikament ja an. Die anderen haben überhaupt nicht geholfen und ich weiß auch nicht mehr, was ich tun soll.«

Ich lief zurück in mein Zimmer und zog mir im Bett das Kissen über den Kopf, um nichts mehr zu hören. Als Bear mir irgendwann in der Nacht seine nasse Schnauze ins Gesicht stieß, ließ ich ihn in mein Bett. In jener Nacht schlief ich dicht an die Wand gedrückt, während Bear sorglos neben mir schnarchte.

Wenn wir eine Woche für den Weg bis zum Blockhaus brauchen, haben wir ungefähr drei Wochen, bevor wir uns wieder auf den Rückweg in die Stadt machen müssen. Falls wir länger warten, müssen wir damit rechnen, dass der Schnee geschmolzen ist und die Hunde die Schlitten nicht mehr ziehen können. Mum sagt, der Winter endet jedes Jahr früher.

Dad hat somit nur einen Monat, um gesund zu werden. Mehr nicht.

Und Mum hat gemeint, dass es für Dad schwer sei zu entspannen, weil er merkt, wie wir unter seinen Depressionen leiden. Sie gab sich jedoch zuversichtlich, dass die Medikamente wirken würden, wenn er nur ein wenig Zeit zum Erholen hätte.

»Es wäre vielleicht besser, Becky«, sagte sie, »wenn du deine Hunde dieses Mal noch nicht mitnimmst. Sie sind laut und gehorchen nicht.«

»Das geht nicht«, erwiderte ich. »Sie brauchen das Training.«

»Aber auf Dads Schlitten ist kein Platz für ihr Futter.«

»Dann packe ich es eben auf meinen.«

»Es ist trotzdem eine Belastung für Dad.«

»Es wird ihm nicht einmal auffallen, dass sie dabei sind.«

Natürlich stimmte das nicht ganz, denn wahrscheinlich würde er sehr wohl sehen, dass ich die Hunde trainierte. Doch das brauchte erst mal niemand zu wissen.

Außerdem gibt es noch einen anderen Grund, weshalb ich die Hunde nicht zurücklassen kann, aber der ist so geheim, dass ich nicht einmal Mum davon erzähle. Ginger bekommt bald Nachwuchs. Sie ist dick und rund, und wenn Mum und Dad sie ein einziges Mal richtig ansehen würden, hätten sie es schon längst gemerkt.

Wer der Vater der Welpen ist, weiß ich nicht. Ich weiß noch nicht einmal, ob Ginger bereits trächtig war, als ich sie bekommen habe. Von daher ist es wahrscheinlich wirklich keine gute Idee, sie mitzunehmen, denn auf dem Schlitten wird kein Platz sein, um einen Wurf Welpen mit zurück in die Stadt zu transportieren. Doch ich kenne niemanden, der auf Ginger aufpassen könnte. Zudem wird sie mich nicht an die Jungen heranlassen,

wenn ich bei der Geburt nicht dabei bin und ihr Beistand leiste, und dann werden die Kleinen ebenfalls argwöhnisch gegenüber Menschen bleiben.
Und wenn ich Ginger auf dieser Tour nicht ausbilde, wird sie mir im nächsten Winter nicht helfen, ihre Jungen zu trainieren. Nur ein gut ausgebildeter Leithund kann den neuen Hunden zeigen, wie sie sich zu verhalten haben.

Heute Abend verbringen wir unsere erste Nacht im Zelt. Ich habe bereits Fichtenzweige als Unterlage für die Hunde klein geschnitten. Die Äste hatte ich zum ersten Mal allein von einem Baum geschlagen. Gemeinsam mit Mum habe ich sie anschließend zum Zelt zurückgeschleift. Morgen könne ich den Rest zum Verfeuern klein hacken, sagt sie.
Mum hat das Ende eines langen Fichtenasts mit einem Ende auf einen Baumstumpf gelegt und sägt ihn in ofengerechte Stücke, während Dad in seinem Schlitten schläft. Zuvor hat er meine Hunde gefüttert und für die Nacht angebunden.
Rachel läuft im Handstand von Hund zu Hund und tätschelt jeden von ihnen mit den Füßen. Bear folgt ihr jaulend, weil er sich keinen Reim darauf machen kann, was sie tut. Sie ist noch fit, weil sie den ganzen Tag bei Dad im Schlittensack gesessen hat. Außerdem ist sie wütend, weil sie keine Lust hat, hier zu sein.
Sie wäre lieber in der Stadt bei ihren Turnstunden. Zurzeit hat sie nichts anderes im Kopf und würde nicht im Traum auf die Idee kommen, uns die Arbeit durch ihre Hilfe etwas zu erleichtern.
Als ich klein war, hat Dad immer zu mir gesagt, dass wir später

zusammen unterwegs sein würden und ich ihm dabei helfen könnte, Bear und die anderen Hunde seines Gespanns zu führen, bis ich alt genug für ein eigenes Team sei. Er zweifelte nicht daran, dass auch Mädchen Hundeschlitten führen konnten und sogar fähig waren, so schwere Rennen wie den Yukon Quest zu gewinnen.

Dads Hunde sind Nutztiere, Zughunde, wie sie die Pelztierjäger in den Wäldern seit jeher gehabt haben. Um mit ihnen Rennen zu fahren, sind sie jedoch viel zu stämmig. Dad behauptet, die Tage, in denen Hunde als Nutztiere gebraucht wurden, seien vorbei, genauso wie die der Oldtimer und der Buschmänner. Doch wenn ich groß sei, könne ich kleinere, langbeinige Huskys für Rennen züchten, wenn ich dazu Lust hätte. Kleinere Hunde würden sich schneller erholen und kämen nach einer Anstrengung besser wieder zu Kräften.

Ja, und jetzt züchte ich meine eigenen Hunde! Zwar weiß ich nichts über den Vater der Welpen, aber Ginger hat lange Beine und ist drahtig und schnell. Und wenn ich ein Hundegespann allein über fast zwanzig Kilometer führen kann, wie ich es heute getan habe, bin ich auch alt genug, die Verantwortung für die Welpen zu übernehmen.

Wenn es mir nun noch gelingt, meine Hunde so weit zu bringen, dass sie gut laufen und meinen Befehlen gehorchen, wird Dad es sicher bemerken.

KAPITEL 3

Es ist kalt. Ich taste nach meiner Mütze, ziehe sie mir über und setze mich auf. Auf dem schneebedeckten Boden sind Karibufelle und Schlafsäcke ausgebreitet. Mein Platz ist am Rand, gleich neben dem Zelteingang. Nicht weit von mir entfernt steht der Ofen, daneben liegt Feuerholz und eine Kiste mit Ausrüstungsgegenständen. Auf zwei Baumstümpfen, die auch als Sitzgelegenheiten dienen, ist das Geschirr gestapelt. Dad hat den Ofen als rechteckigen Kasten gebaut, damit man gut darauf kochen kann. Gleichzeitig ist er klein genug, um in den Schlitten zu passen. Während der Fahrt können die Abzugsrohre darin verstaut werden.

Sofort merke ich, dass das Feuer erloschen ist, da das Blech nicht mehr glüht. Eine halb getrunkene Tasse Tee ist auf dem Boden festgefroren.

Der Rest der Familie schläft noch, doch dieses Jahr werde ich nicht liegen bleiben und warten, bis Mum und Dad aufwachen. Ich rappele mich hoch und öffne das Zelt. Salt und Ginger liegen dicht beieinander und Peppers Beine zucken im Schlaf. Die Nordlichter tanzen leuchtend grün und rot am Himmel über dem Tal bis hinter die Berge, wo unser Blockhaus steht.

Ich gehe zu Bear und pfeife. Er kriecht aus dem Loch, das er sich im Schnee gegraben hat, springt an mir hoch und legt die Vorderpfoten auf meine Schultern. Ich küsse ihn auf die Nase, so wie ich es jeden Morgen getan habe, solange ich denken kann. »Schlaf weiter, Bear«, sage ich zu ihm. Er legt sich wieder hin und schiebt den riesigen Kopf unter den Schwanz.

Ich bleibe ruhig stehen und lausche. Dad sagt immer, dass man bei klarem Himmel die Lichter knistern hören kann. Der Mond steht über dem Bach und ich höre das Wasser unter der Eisdecke fließen. Es ist seltsam, wie gut man dieses Geräusch im Winter wahrnimmt. Das Plätschern klingt in der Dunkelheit ganz nah und doch muss Mum fast einen Meter tief hacken, bis sie auf Wasser stößt. Bisweilen schießt es dann durch den Druck in die Höhe und überspült das Loch. Manchmal ist das Eis jedoch allzu dick und wir müssen Schnee schmelzen, auch wenn aufgetautes Wasser nicht so gut schmeckt. Außerdem braucht man unendlich viele Eimer Schnee, um eine Zwanzig-Liter-Hundetränke zu füllen.

Ich nehme mir einen Stoß dünner Zweige, die vor dem Zelteingang liegen, und trage sie so leise wie möglich hinein. Dort zünde ich eine Kerze an und hocke mich vor den Ofen. Draußen bellt Pepper laut im Schlaf, als wäre er auf der Jagd.

Nie zuvor habe ich am Morgen den Ofen angefeuert, da Mum und Dad immer zuerst wach waren. Doch jetzt öffne ich die Lüftungsklappen und das Metalltürchen, wie ich es bei ihnen so oft gesehen habe. Dann zerbreche ich die Zweige und stapele sie auf der Asche. Schließlich halte ich die Kerze darunter, bis die Zweige Feuer fangen.

»Danke«, sagt Vater von seinem Karibufell aus.

Ich blicke zu ihm hinüber. Im Schein der Kerze sehe ich, dass er die Arme unter dem Kopf verschränkt hat und mich beobachtet.

»Mir war kalt«, sagt er.

Seine Stimme klingt freundlich. Nach wie vor spricht er kaum mit mir, außer wenn er der Meinung ist, ich hätte mit den Hunden etwas falsch gemacht. Vielleicht hat Mum recht und diese Reise wird ihm helfen. Wir sind erst seit einem Tag unterwegs und doch wirkt er bereits wieder ein wenig wie früher. Vielleicht merkt er auch einfach nur, dass ich versuche zu helfen. Er hat immer gewollt, dass ich in der Natur zurechtkomme, damit ich mit ihm unterwegs sein kann.

Ich bin kaum groß genug, um richtig zu lenken, und doch stehe ich auf den Kufen und halte den Handbogen fest umklammert. Dad ist hinter mir. Die Frühlingssonne wärmt mein Gesicht und das Klingeln der Hundehalsbänder mischt sich in das Zischen der Kufen auf dem nassen Schnee. Mit einem dumpfen Schlag landet eine Ladung Schnee, die sich von einer Fichte gelöst hat, auf dem Boden. Dad und ich singen.

Plötzlich springt er ohne Vorwarnung ab und bleibt lachend hinter mir auf der Strecke stehen.

»Whoa! Stopp!«, befehle ich so ruhig wie möglich, damit Bear nicht erschrickt.

»Tschüs, Becky«, ruft Dad mir hinterher. »Ich gehe zu Fuß nach Hause. Wir sehen uns dort.«

Ich öffne den Mund, um zu widersprechen, stattdessen kommt ein »Lauft!« heraus. Bear beginnt zu ziehen und der Rest des Gespanns folgt ihm. Ich stehe auf den Kufen und habe Angst, die Kontrolle zu verlieren, aber ich singe auf dem Weg zurück zum Blockhaus, nur ich und die Hunde, die Sonne und der Schnee …

Vor dem Zelt fülle ich die Kaffeekanne mit Schnee. Kerzenlicht dringt durch die Stoffwände. Das Polarlicht sprüht jetzt am ganzen Himmel Funken wie Feuer in einem trockenen Wald. Die Hunde sind unruhig. Ginger scharrt winselnd mit den Pfoten in ihrem Schneeloch. Dann rollt sie sich mit dem Kopf unter dem Schwanz wieder ein. Ich knie mich vor sie und kraule sie im Nacken.

»Hallo, ihr Kleinen«, flüstere ich ihr ins Ohr. Es zuckt kurz, doch ansonsten rührt sich Ginger nicht.

Ich stelle die Kanne auf den Ofen und koche Kaffee für Dad, den ich mit Milchpulver und Zucker in seinen Becher gieße und ihm dann reiche. Er setzt sich auf. Mir selbst mache ich einen Tee und dann sitzen wir beide nebeneinander, bis die Sonne über den Bergen zum Vorschein kommt, die weiß gefiederten Schneehühner in den Weiden zu krächzen beginnen und das Licht durch den weißen Stoff der Zeltwände dringt.

Auf den ersten eineinhalb Kilometern der nächsten Etappe hat Mum am Morgen mit ihren Schneeschuhen bereits eine Spur angelegt. Kurz nach dem Einspannen sind die Hunde zu wild, um direkt hinter ihr herzulaufen, ohne ihr dabei auf die Schneeschuhe zu treten.

Am Nachmittag wird es warm – zu warm für die Hunde. Polarhunde haben ein so dickes Fell, dass es ihnen schwerfällt, sich anzustrengen, wenn sich die Temperatur dem Schmelzpunkt nähert, da sie dann schnell zu viel Flüssigkeit verlieren.

Wir sind jetzt auf dem noch zugefrorenen Fluss unterwegs. Mum gibt die Spur vor. Breitbeinig geht sie mit ihren Schneeschuhen vorweg und prüft das Eis immer wieder mit einem Stock. Dad folgt ihr mit dem großen Gespann. Rachel und Taffy sitzen im Schlittensack, wo auch die gesamte Ausrüstung verstaut ist. Meine Schwester ist dabei, der Katze zu erklären, wie man sich aus einer Rückwärtsrolle in den Handstand stemmt.

Ich bilde mit Ginger, Pepper und Salt das Schlusslicht. Peppers Leinen sind zumindest gespannt, die beiden anderen dagegen ziehen überhaupt nicht. Zwar folgt Ginger der Spur, aber sie ist nicht bei der Sache. Sie hält den Kopf hoch erhoben – ein eindeutiges Zeichen, dass sie sich nicht anstrengt. Salt versucht rückwärtszugehen und Pepper bellt aufgeregt angesichts einer Elchspur, die glücklicherweise in unserer Richtung verläuft. Sowie der Elch aber von unserem Weg abweicht, wird Pepper ihm wahrscheinlich folgen wollen. Hektisch schnappt er immer wieder nach dem Stück Leder, das ich ihm an sein Geschirr gebunden habe.

»Nein, Salt«, rufe ich zum fünfzigsten Mal. Er windet und dreht sich unaufhörlich, weshalb der Schlitten bedrohlich hin- und herschwankt. Ein Stück weit wird Salt mitgeschleift, wobei er mich anschaut und kläfft, bis die anderen Hunde verwirrt stehen bleiben. Langsam hoffe ich fast darauf, dass Pepper ihn beißt. Durch die Unordnung haben sich die Zuggeschirre verhakt, und während ich die Leinen wieder richte, muss ich Pepper

mit einer Hand festhalten, damit er nicht noch mehr durcheinanderbringt.
Mum und Dad sind natürlich schon weiter voraus. Sie stehen auf dem Eis und reden miteinander, aber nicht zuletzt da Salt so laut ist, kann ich sie nicht verstehen. Ich bin nicht sicher, ob er Angst hat oder einfach nicht ziehen will. Auch bin ich mir nicht sicher, ob ich ihm je irgendetwas beibringen kann. Immer wenn ich Dad mit neuen Hunden geholfen habe, konnten sie viel von den anderen lernen. Ich habe dagegen keinen einzigen Hund, der weiß, was er tut.
Schließlich geht Mum weiter. Hinter der nächsten Biegung steht vor uns über der gesamten Flussbreite Wasser auf dem noch festen Eis darunter. Mum schnallt ihre Schneeschuhe ab und watet hinein. Es reicht ihr bis über die Stiefel und ich werde nervös, weil ich diesen Weg ebenfalls nehmen muss. Ich habe keine Ahnung, ob meine Hunde das mitmachen werden. Einige Tiere haben Angst vor Wasser und müssen behutsam hindurchgeführt werden. Ginger sieht eher aus, als würde sie im nächsten Moment auf mich zuspringen wollen.
»Whoa, stopp!«, ruft Dad, der mit seinem Gespann bereits mitten im Wasser steht. Ich verstehe nicht, warum er es jetzt anhalten lässt. Es wird nicht leicht sein, die Hunde dann wieder zum Weitergehen zu bewegen. Mum watet zurück und sie beide gehen zu Bear, der auf der Seite im Nassen liegt. Als sie sich über ihn beugen, hole ich tief Luft und halte den Atem an.
Nicht Bear.
Bear ist riesig und wunderschön – er wiegt um die fünfzig Kilo und sein Fell ist schwarz mit roten Flecken am Schwanz. Er

hat eine breite Brust und lange Läuferbeine. Dad findet, dass es keinen Besseren gibt – er habe die Kraft eines Neufundländers und die Ausdauer und Intelligenz eines Setters, hat er mir einmal erklärt. Bereits als Welpe kam er zu uns, als er sich gerade eben auf den Beinen halten konnte. Er war der Kleinste aus seinem Wurf. Dad behauptet, ich hätte ihn ausgesucht, aber daran kann ich mich nicht mehr erinnern. Ich war selbst fast noch ein Baby, genau wie er.

Dad befreit Bear aus seinem Zuggeschirr und trägt ihn mit Mühe zu seinem Schlitten. Behutsam legt er ihn vor Rachel auf die Ladung. Keuchend, aber sonst reglos bleibt Bear auf der Seite liegen.

Dann wird sein Keuchen lauter. Es erfüllt das ganze Tal. Die Sonne brennt und der Schnee rutscht in großen Placken von den Fichten am Ufer. Bear hat Schaum vor dem Mund und sein Atmen klingt wie eine Mischung aus Gurgeln und Schnaufen. Ich weiß, dass er sterben wird.

Ich weiß auch, dass Dad sich nicht aufregen darf und dass Bear sein Leithund war, seit er erstmals ein eigenes Gespann hatte.

»Los geht's!«, treibt Dad seine Hunde an. Egypt soll jetzt die Aufgabe des Leithunds übernehmen. Allerdings dreht sie sich lediglich um und starrt ihn an. Sie ist schwarz und schlank und hat lange Beine. Dad hat sie letztes Jahr gekauft, weil er vorhatte, sie mit Bear zu paaren, sobald sie ein wenig älter wäre. Bisher war sie noch nie Leithund gewesen und hat keine Ahnung, was von ihr verlangt wird. Mum zieht sie am Halsband, worauf Egypt zu jaulen beginnt. Als sie damit aufhört, wirkt Bears Keuchen noch lauter.

Ginger, Pepper und Salt rutschen ein Stück weiter, sodass auch ich mittlerweile im Wasser stehe. Dann jedoch stemmt sich Salt jaulend mit den Vorderläufen gegen das Eis und macht sich steif. Kaltes Wasser läuft mir in die Stiefel und spritzt an meiner Hose hoch. Ein Handschuh wird nass, doch niemand achtet auf mich. In jedem anderen Jahr zuvor hätten Mum und Dad Rachel und mir pausenlos versichert, dass wir uns keine Sorgen machen bräuchten und dass sie alles unter Kontrolle hätten.

Mum geht jetzt wieder vor Dads Gespann, doch stößt sie nun nicht mehr prüfend mit dem Stock ins Eis, sondern bewegt sich rückwärts, um Egypt gut zuzureden.

»Komm schon, Mädchen. Los geht's.«

Doch die Hunde wollen nicht. Mit Bear als Leittier musste Dad sie bislang eher bremsen. Sie rissen ihn fast um, sobald Dad ihnen nur das Geschirr anlegte, und er musste sie an Bäumen anbinden, damit sie nicht durchbrannten. Doch ohne Bear stehen sie mit hängenden Leinen und eingezogenem Schwanz da.

»Los geht's«, ruft Dad abermals. Auf dieser Reise hat er die Hunde selten lautstark angetrieben, während er früher bisweilen fast den ganzen Tag gebrüllt hat. Manchmal, weil er wütend war, manchmal, weil er sie anfeuern wollte. Auf jeden Fall hat er nahezu ständig mit ihnen gesprochen oder gepfiffen. Doch in diesem Jahr steht er die meiste Zeit hinten auf seinem Schlitten und wartet, bis die Hunde ihn irgendwo hinbringen.

Einmal hat Dad zu mir gesagt, ein Gespann habe ohne den Leithund kein Herz.

Plötzlich bin ich froh, Ginger dabeizuhaben, auch wenn sie trächtig ist. Mein Gespann wird sehr wohl ein Herz haben.

Ein Stück geht es auf diese Art weiter den Fluss entlang: Mum bewegt sich rückwärts, während Bear mit Schaum vor dem Maul auf der Ladung liegt und schwer atmet. Unterdessen laufe ich neben meinem Schlitten her und halte Salt am Halsband fest, damit er gezwungen ist, nach vorn zu schauen.

»Ich will runter«, ruft Rachel mit Panik in der Stimme. »Ich will nicht bei Bear bleiben.«

»Du bleibst, wo du bist«, sagt Mum. »Woanders ist kein Platz.«

»Nein«, brüllt Rachel heulend. »Lasst mich runter.«

Mum erwidert etwas, doch ich kann es nicht verstehen, da Bear immer stärker und in kürzeren Abständen gequält schnauft. Plötzlich wird mir kalt, obwohl mein Gesicht glüht. Nie zuvor haben wir einen unserer Hunde auf dem Schlitten transportieren müssen.

»Whoa«, ruft Dad.

Auf einmal ist es mir egal, ob sich meine Hunde in ihrem Zuggeschirr verfangen oder miteinander kämpfen, sobald ich nicht da bin. Auch vergesse ich, dass sie einem vorbeikommenden Karibu oder Elch nachjagen könnten und dann fort sind. Ohne nachzudenken, laufe ich zu Mum und werfe mich in ihre Arme. Im stiefeltiefen Wasser stehend versuchen wir, Bears Schmerzenslaute zu überhören.

»Mummy«, sagt Rachel, »bitte hilf mir runter.« Mit tränenverschmiertem Gesicht steht sie auf ihrem Schlafsack. Wir gehen zu ihr und Mum hebt sie heraus.

Die Sonne scheint warm auf den gefrorenen Fluss, als Dad sein Gewehr auspackt.

»Bears Herzmuskel will offensichtlich nicht mehr«, versucht Mum zu erklären. »Das passiert bei Schlittenhunden manchmal ganz plötzlich. Niemand weiß genau warum. Man nennt das Schlittenhundmyopathie.«

Dad nimmt Bear hoch. Er trägt schwer an seinem Hund, der mit hängendem Kopf schlaff in seinen Armen liegt.

Ich lasse Mum stehen, nehme Bears riesigen Kopf in die Hände und kraule ihn hinter den Ohren, küsse ihn auf die Nase.

»Bye, Bear«, flüstere ich.

Bear winselt. So behutsam wie möglich lasse ich seinen Kopf wieder sinken und Dad geht den Weg, den wir gekommen sind, ein Stück zurück. Seit Bear ein Welpe war, hat er ihn nicht mehr auf dem Arm getragen.

Ich sehe ihnen nach, wie sie immer kleiner werden. Rachel lehnt am Schlitten. Ihre Locken stehen ihr wie Haken vom Kopf ab. Mum nimmt uns beide in den Arm und ich denke nicht einmal darüber nach, ob ich zu alt dafür bin.

Ich verstecke mein Gesicht, bis ich den Schuss höre.

Dann noch einen.

»Nehmt es nicht zu schwer«, sagt Mum. »So muss Bear wenigstens nicht leiden.«

Dad geht zu einem Baum und vergräbt das Gesicht in den Händen, dann hämmert er mit beiden Fäusten auf den Baum ein.

Ich kann es nicht mit ansehen und halte mir die Augen zu.

Als ich eine Weile später wieder hinschaue, ist Dad bereits auf dem Weg zurück zu uns.

»Musstest du ihn erschießen?«, fragt Rachel wütend und blickt böse drein. »Vielleicht hätte er sich erholt?«

»Nein, das hätte er nicht«, erwidert Dad. Sein Gesicht sieht jetzt wieder aus wie vor unserer Abreise: hart und verschlossen wie eine schwere Tür. Seine Fußspuren führen zu einer Fichte, die sich über das Ufer biegt und unter der ein dunkler Erdhügel zu sehen ist.

Dad legt Egypt eine Leine an.

Wir können doch nicht einfach weitergehen! Bear kann unmöglich hier allein zurückbleiben. Als ich klein war, bin ich auf seinem Rücken geritten. Und als Dad angefangen hat, ihn zu trainieren, hat er mich als Gewicht in den Schlitten gesetzt. Wie können wir einfach so weitermachen, als wäre nichts geschehen?

»Tut mir leid, Kinder«, sagt Mum, »wir können nicht ewig im Wasser stehen bleiben. Wir müssen gehen.«

Sie nimmt Dad die Leine ab und geht auf ihren Schneeschuhen vor dem Gespann. Rachel steckt den Daumen in den Mund und klettert wieder auf die Ladung, um die Katze festzuhalten. Soll Taffy ruhig mit ihr kuscheln, murmele ich vor mich hin, während ich meinen Schlitten anschiebe.

Jetzt zieht Salt wenigstens vorwärts, wenn er sich auch alle paar Minuten zu mir umdreht und mich flehend anschaut.

»Nein!«, rufe ich, worauf er sich sofort wieder nach vorn wendet. Ginger hält den Kopf jetzt gesenkt und Pepper knurrt beim Gehen und zieht noch immer zur Seite. Solange ich schiebe, geht es einigermaßen, doch sobald ich auf die Kufen springe, bleiben meine Hunde stehen. Dann bewegt sich Gin-

ger nicht mehr und hat den Blick stur geradeaus gerichtet, während Pepper sich immer wieder auf den Hinterbeinen aufrichtet und loshechtet, um den Schlitten in Gang zu bringen. Salt dagegen setzt sich einfach.
»Los geht's!«, rufe ich dann jedes Mal. Viel tun sie darauf zwar nicht, aber zumindest folgen sie Dads Gespann – oder genauer dem, was davon übrig ist.

Heute schlagen wir unser Lager am Fluss auf, an einer Stelle, wo sich am Ufer ein Berg erhebt. Gegenüber befindet sich ein Steilhang und Mum gibt zu bedenken, dass hier am Morgen keine Sonne sein wird.
Dad stellt dennoch das Zelt auf, während Rachel den großen Schlitten auslädt und ich Mum helfe, zwei tote Fichten als Feuerholz klein zu sägen. Mit den Zweigen richte ich Lager für die Hunde her. Wenn sie nicht direkt im Schnee liegen, ist es bequemer für sie und außerdem brauchen sie weniger zu fressen. Hundefutter macht den größten Teil der Ladung aus.
»Glaubst du, das sind genug Zweige für Egypt?«, frage ich Dad, als ihr Lager fertig ist. Doch er ist gerade damit beschäftigt, den Abzug des Ofens durch die Öffnung im Zelt zu schieben, und antwortet nicht.
Ich schneide weiter Zweige, bis der Mond und die Sterne am Himmel sichtbar werden. Sobald ich aufhöre zu arbeiten, muss ich wieder an Bear denken, den wir, noch warm, im Schnee zurückgelassen haben.
Dad sitzt draußen auf einem Baumstumpf und raucht. Bevor er depressiv wurde, hat er versprochen, damit aufzuhören, doch

nun raucht er mehr denn je. Nachdem er die Zigarette ausgedrückt hat, verstaut er die Kippe in seiner Hemdtasche für den Fall, dass ihm der Tabak ausgeht. Dann stützt er den Kopf in die Hände.

Mum trinkt Tee im Schein der Kerze und versucht, eine Schlittenbremse mit Draht zu reparieren. Wie immer steckt hinter ihrem Ohr ein Bleistift, doch ich weiß, dass sie vom heutigen Tag keine Skizzen machen wird.

Rachel hingegen zeichnet etwas in ihr Tagebuch. Sie malt einen Berg, Fichten, einen Fluss und eine gelbe Sonne. Ob sie auch noch Bear hinzufügt, weiß ich nicht, weil ich das Zelt bald wieder verlasse.

Draußen gehe ich zu Dad und lehne mich an seine Schulter. Er reagiert nicht. Er riecht nach Tabak und Schweiß. Seltsam, aber er riecht immer noch nach Dad.

»Dad«, spreche ich ihn an, »hätten wir denn nicht irgendetwas tun können? Hätten wir nicht wenigstens versuchen sollen, ihn zu retten?«

Er sieht mich nicht einmal an. Der Mond steht jetzt über den Bergen und ich höre das Wasser unter dem Eis fließen, doch Dad nimmt um sich herum nichts wahr.

Was geschieht, wenn es ihm nach dieser Reise nicht wieder gut geht? Wird Mum ihn dann wirklich bitten zu gehen? Wäre es besser für Rachel und mich? Hilft es, wenn ich mich unterwegs bemühe, ihm alles recht zu machen?

Nach langer Zeit redet er schließlich. Seine Stimme ist so leise, dass ich ihn kaum verstehe. »Das ist jetzt egal«, sagt er wohl. »Er ist halt gestorben.«

Ich würde Ginger nicht kampflos aufgeben. Ich würde das Zelt aufbauen und sie ins Warme bringen. Wenn ein Hund während des Quest-Rennens ums Leben kommt, wird er in den Schlitten gelegt und zum nächsten Kontrollpunkt gebracht. Viele Teilnehmer brechen sogar das Rennen ab, wenn ein Tier stirbt. Auch wenn sie nichts hätten tun können, haben sie in dem Moment jegliche Freude verloren.
Noch immer lehne ich an Dads Schulter, aber ich hätte es auch lassen können.
Er ist nicht wirklich bei mir.

KAPITEL 4

Als ich am nächsten Morgen im Dunkeln aufwache, bleibe ich still liegen und denke an Bear.

Ich spiele gerade mit meinen Stofftieren, als Dad Bear hereinbringt. »Becky«, sagt er, »zieh deine Stiefel an. Deine Tierchen können zuschauen.« Er setzt sie in einer Reihe auf mein Bett und pfeift Bear heran. »Steig auf, Becky, du kannst auf ihm reiten, wie auf einem Pferd.« Breitbeinig stelle ich mich über Bear und komme mit den Zehenspitzen kaum auf den Boden.
Dad reicht mir das Zuggeschirr. »Zieh ihm das orangefarbene Halsband über den Kopf und die Riemen unter seinen Vorderläufen durch. Siehst du? Schau her.«
Dad zeigt es mir und ich lege das Geschirr genau so an, wie er es mir vorgemacht hat.
»Nein, nein«, lacht er. »Du hast ihm die Schlinge für die Beine über den Kopf gezogen. Siehst du, dass die Riemen über Kreuz sind? Der hier gehört auf den Rücken.«
Tagelang schirre ich danach Stofftiere, Puppen und vor allem Rachel an, die sich auf Kommando windet und den Kopf schüttelt.
Jedes Mal, wenn Dad in diesem Winter mit seinem Hundegespann loswill, lässt er mich die Tiere anschirren. Wenn es besonders kalt ist,

holen Rachel und ich Bear ins Haus. Wir spannen ihn zusammen mit unseren Stofftieren ein und veranstalten Rennen um unseren Küchentisch.

Fröstelnd liege ich im Zelt und überlege, ob ich Mum und Dad bitten soll, den Ofen anzumachen. Stattdessen greife ich schließlich nach einer Kerze, kleide mich im Schlafsack an und öffne das Zelt. Dann wische ich mir die Karibuhaare aus dem Gesicht. Sie halten unglaublich warm, weil sie hohl sind. Deshalb eignen sich Karibufelle hervorragend, um darauf zu schlafen. Allerdings fallen die Haare leicht aus und nach einigen Nächten im Zelt hat man sie selbst im Tee und im Essen.

Ich gehe zu Gingers Fichtenzweiglager.

»Hallo, Ginger!«, flüstere ich. Ich kann mich nicht daran erinnern, je aufgestanden zu sein, ohne Bear zu begrüßen.

Der Himmel ist voller Sterne. Heute wird ein besserer Tag, denke ich. Schlimmer kann es nicht werden.

Ginger steht auf, streckt sich und schiebt ihre Schnauze in meine Hand. Nie zuvor ist sie von selbst zu mir gekommen!

Ihr weißes Fell leuchtet im Mondlicht. Als wir gestern Abend unser Lager aufgeschlagen haben, ist es ihr gelungen, sich das Zuggeschirr über den Kopf zu ziehen und sich selbst auszuschirren. Dann ist sie auf das Zelt zugeschossen und hat versucht, sich zu verstecken. Ich war stolz auf sie. Keiner von Dads Hunden hat sich je selbst vom Geschirr befreit. Ihre lange Schnauze erinnert an einen Collie. Ich wette, dass sie ziemlich schlau ist. Dad hat einmal gesagt, gute Leithunde hätten oft einen Collie-Anteil in sich.

Es ist nur eine Frage der Zeit, bis Mum und Dad merken, dass sie trächtig ist.
Ich kraule sie an der Nase und ihre schrägen Augen funkeln in der Dunkelheit.
Dann höre ich vom Felsvorsprung am gegenüberliegenden Ufer des zugefrorenen Flusses einen Wolf rufen. Umgeben von Weiden, die wie eine Wand um mich stehen, lausche ich. Auch die Hunde spitzen die Ohren, bewegen sich jedoch nicht. Sie wollen möglichst unbemerkt bleiben.
Nach einigen Minuten mache ich mich daran, die Näpfe der Hunde sowie den Topf einzusammeln, in dem wir am Abend zuvor ihr Futter über dem Feuer zubereitet haben. Ich hebe Axt und Säge auf und packe meinen Schlitten im Schein einer Kerze, die in einem Tabakdosendeckel auf einem Baumstumpf steht. Wenn Dad mir bei der Ausbildung der Welpen zu Rennhunden helfen soll, dann muss er sich darauf verlassen können, dass ich bestimmte Aufgaben allein bewältigen kann.
Der Wolf ruft abermals von dem Felsvorsprung.
Nähert sich ein Elch oder Karibu, fangen unsere Hunde an zu bellen, doch bei Wölfen verhalten sie sich bisweilen seltsam still. Schon mehrmals habe ich Mum und Dad dabei beobachtet, wie sie reagieren, wenn Wolfsrudel in der Nähe sind. Ab und zu haben sie etwas gerufen, ansonsten aber ihre Arbeit einfach fortgesetzt.
»Hau ab«, rufe ich in Richtung Felsen.
Unter der Tabakdose liegt meine Karte. Gestern Abend habe ich mir darauf die Route für heute angeschaut. Wenn ich einen

Berg mit drei Spitzen in einer Reihe nebeneinander vor mir sehe, müssen wir uns nach Norden wenden.
Wind fährt in die Weiden und fegt den Schnee von der Eisdecke auf dem Fluss. Vor der Felswand wirken die Nordlichter wie schmutzige Flecken, am Himmel jedoch funkeln und sprühen sie weiß und grün, bevor sie wie Funken im dunklen Wasser erlöschen.
Mit dem Fuß stoße ich in die Reste des Feuers, das wir am Abend zuvor für die Zubereitung des Hundefutters gemacht haben. Die Asche in der von Schnee umgebenen Kuhle glüht noch schwach und ein wenig Rauch weht über die Lichtung zum Fluss. Die Luft riecht warm wie Weiden im Frühjahr. Ich breche mit Flechten bewachsene Zweige von einer Fichte ab und stapele sie locker auf der Asche.
Dann sehe ich ihn am Fuße des Felsens – einen langbeinigen, fast schlaksigen schwarzen Wolf mit schrägen Augen wie Ginger. Er beobachtet unser Lager von der anderen Seite des Flusses. Plötzlich erheben sich auch unsere Hunde, den Blick auf die dunklen Weiden gerichtet. Unterdessen haben die Nordlichter die Farbe gewechselt. Sie leuchten nun krokusblau und weidenröschenrosa, bevor sie über den Bergen erlöschen.
Nebeneinander machen sich mehrere Wölfe auf den Weg über den zugefrorenen Fluss und klettern die Uferböschung zu uns herauf. Die Hunde drängen sich an die Bäume, während die Wölfe nun in einer Reihe vor mir stehen, so dicht, dass ich das Funkeln in ihren Augen sehen kann. Bear hätte gebellt und geknurrt. Er hat uns immer gewarnt, wenn Wölfe in der Nähe waren.

Ich werfe eine weitere Ladung Zweige in die Flammen.
»Haut ab hier«, stoße ich zischend hervor, wie Dad es getan hätte. Das Feuer wirft Schatten auf den Schnee. Und plötzlich sind die Wölfe fort. Sie verschwinden im Gebüsch und kurz darauf sehe ich sie wieder über das Eis zum anderen Ufer laufen.
Die Hunde haben nicht einen Laut von sich gegeben, erst jetzt winselt Salt. Und als die Wölfe nicht mehr zu sehen sind, bellt er wütend in die Richtung, in die sie geflohen sind. Dann rollt er sich in seinem Schneeloch wieder ein und schiebt den Kopf unter den Schwanz. Sichtlich beeindruckt, meint auch Pepper, den unsichtbaren Wölfen hinterherbellen zu müssen.
»Braver Hund«, sage ich und klopfe ihm auf den Rücken, worauf Pepper bis zu den Schultern an mir hochspringt und ich lachend in den Schnee falle.

Es ist hell, aber Mum hatte recht. Die Sonne bleibt hinter dem Steilhang verborgen. Dad sitzt, wie so oft, abseits auf einem Baumstumpf und wir anderen essen im Zelt gemeinsam Fladenbrot, das wir im Ofen gebacken haben. Es ist außen richtig knusprig und wir haben es mit Beerenmarmelade bestrichen.
Immer wieder muss ich daran denken, dass Mum am Telefon gesagt hat, sie könne mit Dad nicht mehr leben, wenn er depressiv sei. Ich frage mich, ob er weiß, dass diese Unternehmung seine letzte Chance ist. Doch wie soll es ihm jetzt, nach Bears Tod, besser gehen?

»Wenn wir uns beeilen, sind wir in vier Tagen beim Blockhaus«, sagt Mum. »Wir haben genug zu essen dabei, um einige Wochen zu bleiben.«

»Falls es tagsüber so warm bleibt wie jetzt«, gebe ich zu bedenken, »wird der Schnee nicht so lange liegen bleiben. Und ohne Schnee können die Hunde die Schlitten nicht ziehen.« Pepper rüttelt an dem Baum, an dem er festgebunden ist. Als Schnee von den Ästen fällt, springt er ihn an und schnappt danach.

»Wenn der Schnee schmilzt, während wir im Blockhaus sind«, sagt Mum, »müssen wir den Hunden unsere Sachen in Packtaschen auf den Rücken schnallen. Zur Not können sie die Ladung auf dem Rückweg tragen, zumal wir dann nicht mehr so viel zu essen für die Hunde und für uns dabeihaben. Allerdings wird es ein ziemliches Durcheinander geben, wenn die Hunde frei laufen.«

Die Packtaschen werden mit Bändern an der Brust und auf dem Rücken der Hunde festgezurrt. Solange die Taschen gleichmäßig beladen sind, scheinen die Hunde das Gewicht nicht zu bemerken. Das Problem ist jedoch, dass Schlittenhunde bei warmem Wetter leicht überhitzen und dann nichts lieber tun, als sich in einem Fluss abzukühlen. Folglich muss alles an Ausrüstung und Essen, was nicht nass werden darf, von Menschen getragen werden.

»Wie viele Packtaschen haben wir für die Hunde?«, fragt Rachel und versucht, erwachsen zu klingen.

»Drei. Aber im Blockhaus haben wir genug Leder, um auch für die anderen Hunde Taschen zu nähen. Würdest du mir dabei helfen?«, erkundigt sich Mum.

»Ich kann auch was tragen«, sagt Rachel und streckt ihren knapp zwanzig Kilo leichten, muskulösen Körper.
»Ich habe das Leder letztes Jahr zu Flicken für das Zelt zerschnitten«, wirft Vater von draußen ein, ohne sich von seinem Baumstumpf zu erheben. »Außerdem will ich den Schlitten nicht zurücklassen.«
Ich hatte ganz vergessen, dass er da war. Wie wird er reagieren, wenn er mitbekommt, dass er auch noch einen Wurf Welpen mit zurück in die Stadt nehmen muss?
Zum ersten Mal frage ich mich, was geschieht, wenn Mum und Dad nicht bereit sind, die Welpen mitzunehmen.

Wir überqueren einen Pass. Ich bin mit meinem Schlitten direkt hinter Mum. Ginger läuft jetzt viel geschmeidiger, weil sie lediglich der Schneeschuhspur zu folgen braucht und nicht der breiten Trasse von Dads Gespann. Mit gesenktem Kopf und rundem Rücken zieht sie vorwärts.
»Braver Hund«, rufe ich. »Ganz großartig!« Es mag verrückt klingen, wie ich die ganze Zeit mit ihr rede, aber ich möchte, dass mein Leithund sich an meine Stimme gewöhnt. Ich bin stolz auf Ginger und mache mir gleichzeitig Sorgen um ihre Jungen. Zum ersten Mal fahre ich vor Dads großem Schlitten. Er folgt mir, weil er keinen richtigen Leithund mehr hat und Egypt sich nur antreiben lässt, wenn ich vor ihr bin. Dad ist nicht sehr glücklich über die Situation, doch er sagt nichts.
»Was ist, wenn deine Hunde hinter einem Karibu herjagen?«, hatte er am Morgen gefragt, noch bevor wir den Lagerplatz verließen. »Du hast nicht genug Kraft, um sie zurückzuhal-

ten. Und deine Hunde gehorchen nicht. Sie brauchen Disziplin.«

»Sie werden nicht ausbrechen«, erwiderte ich. »Ich trainiere sie.«

»Wie auch immer«, murmelte er daraufhin. Dann hat er eine Leine zwischen Egypts Halsband und meinem Handbogen befestigt, sodass sie gar nicht anders kann, als mir zu folgen. Nichts würde ich lieber tun, als diese Leine zu entfernen. Wenn ich erst Rennen fahre, werde ich vollkommen unabhängig sein. Dad wird lediglich an den Kontrollpunkten auf mein Gespann warten, um mir dort zu helfen.

»Ich halte nach Karibus Ausschau«, hat Rachel fröhlich gerufen, während sie kopfüber im Schnee stand. »Und ich helfe Becky, wenn ihre Hunde abhauen.« Sie beendete ihren Handstand und warf siegessicher die Arme in die Luft.

»Mum«, rief sie. »Der Harsch ist so dick, dass ich darauf einen Handstand machen kann!«

Rachel kann sich nicht länger auf eine Sache konzentrieren als eine Fliege, aber ich muss zugeben, dass auch ich gern so gut Handstand machen könnte. Ich beschließe zu üben, wenn niemand zuschaut.

Unterwegs achte ich darauf, dass sich die Leine zwischen den Schlitten nicht spannt, rufe Dad zu, was ich vorhabe, und trete, wenn nötig, mit beiden Füßen auf die Bremse. Sie besteht aus einem viereckigen, während der Fahrt hochgeklappten Stück Eisen, das mit einem Scharnier am hinteren Teil des Gefährts befestigt ist und bei Bedarf losgetreten werden kann wie ein Anker. Eigentlich sollte ich mich darauf verlassen können, dass

Ginger anhält, wenn ich es ihr befehle, doch bislang hat sie das noch nie getan. Nachdem ich den Schlitten zum Stehen gebracht habe, steige ich ab und streichele sie. Dad hält währenddessen den Kopf gesenkt und schweigt. Die Leine zwischen meinem und Dads Gespann stört mich sehr. Dauernd muss ich aufpassen, dass ich nicht im Weg bin.

Rachel ruft aufmunternd von ihrem Platz im Schlittensack: »Es wird besser. Salt bewegt sich vorwärts!«

Bevor wir uns wieder auf den Weg machen, trinken wir Tee aus der Thermoskanne. Die Berge rücken immer näher an beide Flussufer. Mum und ich halten unterwegs nach einem bestimmten Zufluss von Norden Ausschau, was nicht so einfach ist, wie es sich anhört, da wir immer wieder auf Altwasserläufe treffen, die ebenfalls im rechten Winkel zum Flussbett liegen.

»Hier ist es«, rufe ich schließlich. »Whoa«, befehle ich Ginger und trete die Bremse los. Mit so viel Schwung wie möglich springe ich darauf und drücke sie hinunter.

»Gut gemacht«, ruft Rachel. Ich drehe mich um. Sie kniet mit von der Sonne geröteten Wangen oben auf der Ladung.

Mum bleibt stehen und faltet die Karte auseinander, die sie aus der Tasche zieht.

Auf ihren Schneeschuhen stapft sie zu uns zurück. »Ich glaube, Becky hat recht«, sagt sie zu Dad.

Natürlich habe ich recht, denke ich.

Dad sieht krank aus. Sein Gesicht ist blass und angespannt, als würde er krampfhaft versuchen, nicht wütend zu werden. »Deine Hunde müssen laufen«, faucht er. »Du kannst sie nicht dauernd anhalten. Dann kommen wir nie an.«

Ich wende mich ab. Als Dad mir zum ersten Mal erlaubt hat, seinen Hunden Kommandos zu geben, habe ich Bear alle fünf Minuten mit einem »Whoa« befohlen, stehen zu bleiben, und er hat darüber nur gelacht.

»Du hast gesagt, sie gehorchen nicht«, erwidere ich ruhig. »Das bringe ich ihnen jetzt bei.«

Dad zuckt mit den Schultern. »Wenn du meinst«, murmelt er.

»Was ist los mit ihm?«, murmelt er und geht an den anderen Hunden vorbei zu Bear. Ich stehe auf den Kufen und trete auf der Stelle, um warm zu bleiben. »Bereit machen«, ordnet Dad an und greift in Bears Zuggeschirr, damit er wieder nach vorn schaut. Dann springt er auf den Schlitten.

Bear zieht nach links. Wir sind auf einem Fluss und das Eis sieht gut aus, doch Dad lässt Bear den Weg selbst bestimmen.

Auf dem Rückweg kommen wir an derselben Stelle vorbei. Dort, wo Bear nicht weitergehen wollte, ist das Eis inzwischen gebrochen. Das tiefe Wasser strömt schnell.

»Wenn ich die Geduld verloren hätte«, sagt Dad leise, »hätte er vielleicht getan, was ich ihm befohlen habe. Dann wären wir jetzt wahrscheinlich tot. Der Musher bestimmt, wo es langgeht, Becky, aber er muss auch Respekt vor seinen Hunden haben.«

Mum sieht Dad lange an, aber ich merke, dass er sie nicht anschaut.

»Alles in Ordnung?«, fragt sie.

Er hat den Blick starr auf die Berge gerichtet. Meine Freude am Sonnenschein, darüber, dass ich den richtigen Weg gefunden habe und dass Salt jetzt vorwärtszieht, ist plötzlich wie weggeblasen.

»Der Arzt sagt, es dauert mindestens vier Wochen, bis das neue Medikament anschlägt«, versucht Mum ihn behutsam zu trösten.

»Ist mir doch egal«, faucht Dad.

Ich frage mich, ob sie das verletzt. Er war immer ihr bester Freund, hat sie mir einmal erzählt. Wenn ich je heiraten wolle, dann solle ich meinen besten Freund heiraten, hat sie mir geraten.

Dad zieht seinen Tabak aus der Tasche und dreht sich eine Zigarette.

Das ist nicht wie mit Grippe, hat Mum erklärt, als sie mit mir zum ersten Mal über Depressionen gesprochen hat. Es ist nicht ansteckend.

Warum habe ich dann das Gefühl, etwas unendlich Schweres würde auf mir lasten?

KAPITEL 5

Während wir uns auf dem Fluss weiter nach Norden bewegen, werden wir immer langsamer, je müder die Hunde sind, bis wir nur noch im Schritttempo vorwärtskommen. Ginger zieht gerade genug, dass die Leinen gespannt sind, doch auf dem eben erst von Mum mit ihren Schneeschuhen gespurten Weg ist auch das schon zu viel. Wahrscheinlich sollte sie sich mit den Welpen im Bauch überhaupt nicht anstrengen. Wenn ihr etwas zustößt, bin ich wohl schuld.

Salt hat für heute genug. Mit eingeklemmtem Schwanz trottet er dahin. Alle paar Minuten bleibt er stehen und dreht sich jaulend nach mir um, bis er von den anderen weitergezerrt wird.

Pepper hingegen setzt all seine Kräfte ein, ist aber nach wie vor unausgeglichen und zieht zur Seite, sodass der Schlitten nicht in der Spur bleibt. Dad hat mir erklärt, dieses Verhalten heiße Dackelgang und sei nur schwer abzustellen. Ein Hund reagiere so, wenn der Rest des Gespanns für seinen Geschmack zu langsam ist. Ich habe keine Ahnung, was ich dagegen tun soll, außer die anderen anzutreiben, schneller zu laufen.

»Los geht's, Hunde«, feuere ich sie immer wieder an.

Wir nehmen eine Abkürzung über einen Bergpass hinweg zum

nächsten Flusstal, die unseren Weg um fünfundzwanzig Kilometer verkürzt. Mum und Dad haben früher immer Witze darüber gemacht, dass sie für ihre Abkürzungen letztlich länger brauchten als für die normale Strecke. Dad hat auch einmal gesagt, dass man sich mit dem Hundeschlitten niemals über einen neuen Pass wagen soll, ohne ihn vorher zu Fuß erkundet zu haben. Zu viele steile Hänge mussten wir bereits bewältigen, auf denen der Schlitten so schräg stand, dass Mum sich gar nicht umdrehen mochte. An einigen Stellen hat uns nur Bears Kraft vor dem Abrutschen bewahrt.

Doch im Moment mache ich mir darum keine Sorgen. Ich bin froh, an etwas anderes als an Bear denken zu können. Vielleicht lenkt ein neuer Weg uns alle ein wenig ab.

Außerdem hat es mich immer gereizt, nicht genau zu wissen, wo ich bin. Es gibt mir das Gefühl von Freiheit. Genau deshalb möchte ich Schlittenrennen fahren. Viel wichtiger als zu gewinnen ist mir, die Sonne auf dem Frühlingsschnee und den Bergen zu erleben, die sich um mich herum erheben.

Und vielleicht ist es noch etwas: Ich liebe es, Hunde laufen zu sehen. Fast habe ich das Gefühl, selbst mit ihnen zu laufen, leichtfüßig, glücklich und frei.

Die Sonne wandert über den Himmel und der Bach, dem wir folgen, windet sich durch Felsen, immer höher den Berg hinauf.

Da entdecke ich ihn – einen Weißkopfseeadler, der über den letzten Fichten an der Baumgrenze kreist.

»Schaut mal«, ruft Rachel aus dem Schlittensack. »Ich kann sein Nest sehen.«

»Whoa«, rufe ich, ohne daran zu denken, die Bremse zu betätigen.

Ginger bleibt stehen! Ich wusste, dass sie schlau ist. Doch dann legt sie sich auf den Rücken, um sich zu kratzen, und verfängt sich im Zuggeschirr.

»Braves Mädchen«, lobe ich sie fürs Anhalten und rufe unmittelbar darauf »Nein«, weil sie sich im Schnee wälzt.

Ginger hält inne und sieht mich ratlos an. Ich sorge dafür, dass sie wieder aufsteht, und ermahne mich selbst, dass ich achtgeben muss, nicht mehr als einen Befehl auf einmal zu geben!

»Adlerhorst nennt man das«, rufe ich Rachel zu. »Ja, da vorn im Baum.« Er ist so riesig, dass man Angst haben muss, dass die Fichte unter dem Gewicht zusammenbricht. Im nächsten Baum hockt ein weiterer Adler. Sein weißer Kopf leuchtet im Sonnenlicht. Selbst Dad hat den Blick auf ihn gerichtet; kurz darauf breitet der Greifvogel seine Schwingen aus und erhebt sich in die Lüfte.

Die Spannweite seiner Flügel entspricht etwa Rachels Größe. Der Adler fliegt zu seinem Gefährten und gemeinsam kreisen sie hoch über den Felswänden, die sich an den Ufern erheben, bevor sie sich hinabstürzen. Fast könnte man glauben, die beiden Vögel wären mit den Fängen ineinander verhakt, doch sie sind zu schnell, um es genau zu erkennen. Kurz über dem Boden trennen sie sich und steigen erneut auf. Ihr Nest ist ein wackeliges Gebilde aus Zweigen und Moos und fast so groß wie eine Schutzhütte. Es sieht aus, als hätte ein Biber seine Vorräte auf einem Baum angehäuft.

Die Frühlingssonne ist warm. Der Schnee wird von den Fichtenzweigen geblasen und wirbelt in der Luft herum. Wir alle müssen lachen – selbst Dad. Er hockt neben Rachel auf dem Hundeschlitten, hält für sie das Fernglas und zeigt in Richtung der Adler. Sein Gesicht wirkt nicht mehr angespannt, und als die Greifvögel mit einem Abwind direkt über unsere Köpfe hinwegsegeln, lacht er abermals.

Das ganze Jahr habe ich ihn noch nicht lachen hören.

Ich mache meinen Schlitten an einem Baum fest. Pepper will unbedingt weiter und springt verzweifelt hoch, während sich Salt zu einem dicken, grauen Knäuel zusammengerollt hat und hofft, dass ich ihn nicht bemerke. Ginger liegt grunzend auf der Seite im Schneematsch und sonnt sich.

Ich gehe von einem Hund zum nächsten und umarme sie.

»Hier«, sagt Dad und reicht mir das Fernglas. Ich halte es in Richtung des Adlerhorsts. Zwischen den Zweigen stecken Federn. »Weißkopfseeadler kehren jedes Jahr zu ihrem Nest zurück«, sagt er. »Sie bessern es immer wieder aus, bis es zusammenbricht oder der Baum umfällt.«

Ich weiß das alles schon, doch ich höre ihn gern reden.

Dad packt die Thermoskanne und Jerky aus. Während wir in der Sonne auf dem Schlitten sitzen, trinken und das Trockenfleisch kauen, lassen wir uns den Wind um die Nase pusten.

Ein Monat. Mum hat gesagt, das Medikament schlage womöglich erst nach einem Monat an, doch so viel Zeit haben wir wahrscheinlich nicht. Aber vielleicht hat sie recht, denke ich und betrachte Dad. Vielleicht bewirkt die Bergluft bei einigen Menschen tatsächlich eine Besserung.

Dann fällt mir wieder ein, dass wir über der Baumgrenze sein werden, wenn wir heute Abend unser Zelt aufschlagen. Deshalb hole ich die Axt aus meinem Schlitten und hacke Äste von den Fichten ab – nur ein paar von jedem Baum, damit sie nicht sterben. Ich mache einen Haufen für die Hundelager und einen zweiten für uns, damit wir Zweige unter die Karibufelle legen können. In den Jahren zuvor hatte ich noch keine Axt benutzen dürfen, doch in diesem Jahr habe ich eine eigene bekommen. Ich kann kein eigenes Gespann haben ohne eine eigene Axt! Für alles Mögliche brauche ich sie, um die Zweige für die Hundelager abzuschlagen genauso wie gelegentlich zum Freilegen des Wegs. Niemand hindert mich daran, aber Mum schaut mir genau auf die Finger.

Während Mum und Dad Tee trinken, zurre ich die Äste und Zweige auf meiner Ladung fest. Aus den Augenwinkeln sehe ich Taffy mit dem Kopf zuerst aus dem Schlittensack kriechen. Einen Moment lang hält sie wie erstarrt inne, dann springt sie in den Schnee und stolziert seelenruhig davon. Rachel rennt ihr nach.

»Lauf«, ermuntert Dad die Katze, als Rachel sich bereits auf Taffy wirft.

»Ich hab sie!«, ruft Rachel und schiebt die fauchende Katze zurück in den Schlittensack, sodass die kreisenden Adler sie nicht mehr sehen können. Mum packt die Thermoskanne wieder ein und schnallt ihre Schneeschuhe an.

Als wir Taffy bekamen, wollte Dad sie Klette nennen, weil er es für überzogen hielt, dass die Katze selbst auf dem Hundeschlitten dabei war. Er behauptete, es habe noch nie eine Expedition gegeben, auf der Katzen im Gepäck gewesen seien. Mum erwiderte darauf, dass es auch noch nie eine mit Kindern gegeben hätte, worauf Rachel feststellte, dass den Abenteurern ganz schön langweilig gewesen sein musste. Als wir klein waren, hatten wir sogar unsere Puppen dabei, aber in der Kälte brach das Plastik, sobald es eine Erschütterung gab.

»Los geht's«, rufe ich Ginger zu. Sie rappelt sich auf und trottet, sichtlich unter der Wärme leidend, mit hängenden Leinen langsam los.

Mir schnürt sich die Kehle zu. Ich hoffe, dass sie es bis zu unserem Blockhaus schafft, bevor die Welpen geboren werden. Wenn sie unterwegs kommen, bin ich nicht einmal sicher, ob Dad auf uns warten würde.

Eine Ladung Schnee rutscht von einer mageren Fichte. Pepper springt hoch und schnappt danach, worauf sein Kopf weiß gepudert wird. Allerdings zieht er dabei so sehr zur Seite, dass mein Schlitten plötzlich kippt. Unter enormer Kraftanstrengung richte ich ihn wieder auf, denn der Schnee enthält bereits viel Wasser und ist sehr schwer. Der Frühling kommt schneller, als wir dachten.

Dads Hunde zuckeln hinter uns her. Sie jaulen, weil wir ihnen zu langsam sind. Die Spur, die wir pflügen, zieht sich durch den weichen Schnee hindurch bis zum Boden.

Heute Nacht schlagen wir unser Lager hoch in den Bergen auf. Der Chinook, ein föhnartiger Wind, hat sich gelegt und der Halbmond wirft Schatten auf den Schnee. Hier wachsen keine Bäume mehr, nur noch niedrige Weiden- und Birkenbüsche, die an einigen Stellen gehäuft auftreten. Dazwischen gibt es viele kahle Bereiche.

Es hat lange gedauert, bevor wir unser Lager aufgeschlagen haben, da wir eigentlich auf der Suche nach einem trockenen, ebenen Untergrund waren. Mum meint, wo das Zelt jetzt steht, sei Eis unter dem Schnee. Wenn wir länger als eine Nacht blieben, säßen wir in einer riesigen Pfütze. Rachel wäre begeistert! Neben dem Ofen bildet sich bereits eine Lache, die Eisenfüße sinken immer tiefer und er neigt sich im Schmelzwasser immer mehr auf die Seite.

Dad sitzt auf einem Stapel Weidenholz vor dem Zelteingang und lässt seinen Blick über die Gipfel schweifen. Schneehühner jagen sich aufgeregt gackernd in dem flachen Wasser, das auf dem Eis steht.

Rachel zeichnet etwas in ihr Tagebuch – einen Baum aus Strichen mit einem runden schwarzen Nest darin.

»Vielleicht sind Eier in dem Nest?«, überlegt Rachel, das Buch auf den ausgestreckten Beinen. Die langen Locken hat sie sich hinter die Ohren gesteckt und ihr pausbäckiges Gesicht ist von der Sonne gerötet.

Rachel ist niedlich. Jeder, mit dem sie spricht, muss unwillkürlich lächeln.

»Ich weiß nicht«, antworte ich ihr. »Ich konnte nicht hineinsehen.« Auch ich male ein Bild, doch es wirkt bald zu voll. Ein Zelt und eine Kerze auf einem Baumstumpf, ein zugefrorener Fluss und ein schwarzer Wolf, der das Lagerfeuer beobachtet, sind darauf zu sehen. In den Himmel male ich bunte Lichter, die in der Dunkelheit leuchten. Allerdings weiß ich nicht, wie ich den Wind zeichnen soll.

Ich beginne noch einmal – auf einem neuen Blatt –, nun

zeichne ich Dad, der lachend im sonnendurchfluteten Wald auf seinem Hundeschlitten steht.

»Das gefällt mir«, sagt Mum und wendet ein Fladenbrot. Sie selbst hat ihren Skizzenblock bislang nicht einmal ausgepackt, was sehr ungewöhnlich ist. Wenn sie eine Idee im Kopf hat, kocht sie nur ungern. Und wenn sie es dennoch tut, verbrennt das Essen.

Das Brot ist wunderbar goldbraun.

»Becky«, ruft Dad von seinem Holzstapel.

»Ja.«

»Wenn wieder Wölfe in der Nähe sind, weckst du mich dann bitte?«

Ich sehe ihn durch den Zelteingang im Mondlicht stehen. Zur Abwechslung schaut er mir direkt in die Augen, während er mit mir redet. Zwar kann ich es nicht genau erkennen, aber es sieht aus, als würde er lächeln.

Morgen gehe ich Preiselbeeren suchen; sie wachsen direkt im Moos. Sie reifen im Herbst, aber Blätter und Beeren bleiben bis zum Frühling an der Pflanze, egal wie kalt es wird. Ich muss nur den richtigen Hang finden und dann werden sie dort, sobald ich den Schnee abgetragen habe, so frisch wie vor dem Winter zum Vorschein kommen.

Die Weiden sind gelb und der Himmel ist blau. Sonnenschein wärmt mein Gesicht, aber meine Finger sind steif vom Beerenpflücken auf dem frostigen Boden. In der Ferne steigt Rauch aus dem Schornstein des Blockhauses auf und wird über die Lichtung in den Wald getragen. Weiter als bis hierher darf ich nicht allein.

Plötzlich werde ich unruhig.
»Bear«, rufe ich und er hebt den Kopf, den er ins Moos gesteckt hatte, da auch er auf der Suche nach Beeren ist. Er trottet zu mir und wir legen uns auf den Boden. Ich habe mein Gesicht der Sonne zugewandt, Bears riesiger Kopf ruht auf meiner Brust. Ich rieche die Herbstluft, Bears warmes Fell und das frische Laub.

Als Mum mit dem Fladenbrot fertig ist, rühre ich eine Masse zusammen, die wir Raketentreibstoff nennen. Dafür schmelze ich Butter, Erdnussbutter und Schokolade und mische getrocknete Beeren und Puderzucker darunter. Dann reiche ich Rachel den Topf zum Probieren.
»Da muss mehr Schokolade rein«, verkündet sie.
»Vergiss es«, erwidere ich. Rachel will immer mehr Schokolade.
An jenem Abend liege ich im Bett und denke über Dads neues Medikament nach und darüber, dass Mum meint, es würde uns ohne ihn besser gehen. Manchmal, wenn er über die Tiere oder den Weg nachdenkt, kommt es mir vor, als würde er seine Depressionen vergessen.
Plötzlich höre ich ein Kratzen und Scharren aus der Richtung des Baumes, an dem Ginger festgebunden ist.
O nein, denke ich. Einige Tage bevor eine Hündin Junge bekommt, fängt sie oft an, ein Nest für sie zu bauen.

KAPITEL 6

Nachts erwache ich plötzlich aus einem Traum, in dem ich im Dunkeln allein mit dem Hundegespann unterwegs war.

Dad sitzt auf seinem Fell und wühlt bei Kerzenschein in einer Tasche. Sein Schatten zeichnet sich riesig an der Zeltwand ab.

»Was suchst du?«, fragt Mum leise. Still liege ich da, damit sie nicht merken, dass ich wach bin.

»Aspirin.«

»Die sind im Schlittensack. Was ist los?«

Dad zieht seine Mokassins an und öffnet die Ofenklappen, um Holz nachzulegen. Die Scheite fangen Feuer. Durch die Öffnungen sehe ich die glühenden Kohlen.

»Ich habe Kopfschmerzen«, sagt er und stellt die Kaffeekanne auf den Ofen. »Es tut mir leid. Ich weiß, dass ihr es mit mir nicht leicht habt.«

»Du redest nicht mit mir. Ich habe keine Lust mehr, ständig erraten zu müssen, was du denkst.«

Dad dreht sich eine Zigarette und zündet sie an. Bevor er depressiv wurde, hat er drinnen nie geraucht.

»Ich kann nicht reden«, sagt er. »In mir ist eine Tür, die sich immer wieder verschließt. Ich kann sie nicht offen halten. Und dahinter stehe ich allein.«

Mum ist so lange still, dass ich glaube, sie ist wieder eingeschlafen. Ich bin mir nicht sicher, was er meint. Mir kommt es vor, als sei er gar nicht mehr wirklich bei uns. Hat er das gleiche Gefühl?

»Das verstehe ich nicht«, erwidert Mum, die offenbar doch noch wach ist, schließlich. »Du bist doch nicht allein. Du hast uns.«

Dad zieht an seiner Zigarette. Ich sehe das Ende rot in der Dunkelheit glühen. Er drückt sie am Deckel der Tabaksdose aus.

»Ich kann es nicht erklären«, sagt er und schnippt die Kippe in den Ofen. »Es ist wie ein Albtraum, aus dem ich nicht aufwache. Ich sehe keine Zukunft. Nirgends.«

»Aber ich liebe dich«, erwidert Mum so leise, dass ich sie kaum verstehe.

Früher saßen sie zum Abschluss eines jeden Tages gemeinsam am Ofen und tranken Tee. Mum hat Dad dann immer von ihrer neuesten Schnitzarbeit erzählt. Manchmal hat es mich sogar gestört, weil ich das Gefühl hatte, sie seien sich selbst genug. Nun jedoch würde ich einiges dafür geben, sie so zu sehen.

»Selbst wenn es mir wieder besser geht«, sagt Dad, »was soll ich dann tun? Mit der Pelztierjagd ist kein Geld mehr zu verdienen und etwas anderes kann ich nicht.«

Er bückt sich und verlässt das Zelt. Seine Stimme klang, als würde er weinen. Zwischen den Zeltbahnen tut sich ein schmaler Spalt mit schimmernden Sternen und Nordlichtern auf.

Jeder, der ernsthaft an Hunderennen teilnimmt, hat einen Helfer. Als ich Dad zum ersten Mal davon erzählt habe, dass ich später Rennen fahren will, versprach er mir, diese Rolle zu übernehmen. Helfer und Musher haben pausenlos etwas zu besprechen. Sie tauschen sich aus über die Hunde, die Strecke, das Wetter und das Material. Die Helfer richten unterwegs die Lager für die Tiere, füttern sie und sorgen dafür, dass die Musher sich an den Kontrollpunkten erholen können. Falls ich jemals von der Strecke abkäme, wäre Dad für mich da. Selbst die Hunde entspannen sich, wenn sie wissen, dass er da ist.

Ich bleibe noch lange wach und horche, ob Dad zurückkommt. Schließlich schlafe ich ein.

Als ich wieder aufwache, krieche ich aus dem Schlafsack und feure den Ofen an. Aus Wasser, Mehl, Salz, Milch- und Backpulver bereite ich den Teig für das Fladenbrot. Während sich der Ofen aufheizt, überwinde ich mich und gehe nach draußen, um nach Ginger zu sehen.

Der Morgen ist klar und kalt. Ginger schläft auf ihrem Lager. Sie ist so rund wie zuvor. Unwillkürlich entfährt mir ein Seufzer. Ich lasse sie schlafen und wende mich Pepper zu, dem ich über den Rücken streiche, worauf er mich umwirft und im Schnee ableckt.

»Salt«, rufe ich. Salt rennt vor mir weg, so weit es geht, bis seine Kette zu Ende ist. Wie kann ich ihn je vernünftig einsetzen, wenn er mir nicht traut? Ich hocke mich in den Schnee, damit ich mit ihm auf einer Höhe bin.

»Komm her, Salt.«
Salt sieht mich über seine lange Schnauze hinweg an.
»Schon gut, mein Junge«, sage ich sehr sanft. »Braver Hund!«
Ich richte mich auf und gehe langsam und mit ruhigen Bewegungen auf ihn zu, während ich meine bloße Hand ausstrecke, um ihn daran schnuppern zu lassen. Dann kraule ich ihn leicht hinter den Ohren.
Mit gesenktem Kopf nähert er sich mir langsam.
»Braver Hund.« Ich hocke mich abermals neben ihn und flüstere ihm einige Minuten lang zu, was für ein wundervoller Hund er ist und wie gern er bald den Schlitten ziehen wird. Zwar glaube ich nicht, dass ich ihn überzeugt habe, aber er bewegt sich mit gespitzten Ohren weiter auf mich zu. Auch seinen Schwanz hat er nicht mehr eingezogen.
Schließlich nehme ich die Kaffeekanne und mache mich auf die Suche nach Wasser. Ich gehe am Bach entlang, bis ich ihn fließen höre. Dann schlage ich einige Male mit meiner Axt auf das Eis und horche erneut. Erst an der vierten Stelle stoße ich auf fließendes Wasser. Nach einem weiteren Hieb füllt sich das Loch wie ein Becken. Ich hacke es weit genug auf, um mit der Kanne daraus schöpfen zu können, und kehre dann zum Zelt zurück.
Über das Tal verbreitet stehen Weiden. Schneehühner laufen eilig hin und her und hinterlassen Spuren im Schnee. Größtenteils tragen sie noch ihr weißes Wintergefieder, aber vorn und an den Köpfen sind sie bereits braun. Bis die Küken zur Welt kommen, werden sie vor der Weidenrinde kaum noch zu sehen sein.

Zu Beginn des Frühjahrs sammeln sie sich an Bergpässen und liefern sich Kämpfe um Revier und Partner. Zwei Männchen gehen direkt hinter dem Schlitten aufeinander los, das Weibchen schaut ihnen dabei zu. Zu dieser Jahreszeit bewegen sie sich eher hüpfend als fliegend vorwärts. Selbst wenn sie von Hunden gejagt werden, erheben sie sich nur kurz in die Luft und landen sofort wieder in der nächsten Weide. Ich kann fast hören, wie die Hunde nach den Vögeln als Futter lechzen.

Mum hat mir erzählt, ich sei in einem guten Schneehuhnjahr geboren. Ungefähr alle zehn Jahre verwandelt sich die Tundra in einen Hühnerhof. Heute sind auch die Schneefliegen da, die als schwarze Punkte über die weiße Oberfläche springen. Sie tauchen über Nacht auf, sobald sich der Schnee in Matsch verwandelt. Gestern war noch keine einzige da, aber nun sind plötzlich so viele auf dem Schnee, dass ich daraus kein Schmelzwasser machen kann.

»Becky?«, ruft Rachel.

»Ich komme schon«, seufze ich. Rachel will zunehmend mehr Aufmerksamkeit von mir. Sie vergisst, dass ich Hunde habe, um die ich mich kümmern muss.

Ich krieche ins Zelt. Rachel schlägt in Unterwäsche und Socken Purzelbäume auf den Schlafsäcken.

»Guck mal«, sagt sie und macht zwei Rückwärtsrollen, bevor sie in der Wand landet und das ganze Zelt wackelt.

»Hör auf«, sagt Mum automatisch. »Das Zelt fällt noch um.«

Sie sitzt im Schneidersitz auf dem Schlafsack und hat ihren

Skizzenblock auf den Knien. Das lange Haar fällt ihr ins Gesicht. Alle paar Minuten knüllt sie ein Stück Papier zusammen und wirft es ins Feuer.

Nach dem Frühstück baue ich das Zelt ab, kippe die Asche aus dem Ofen in den Schnee und packe meinen Schlitten. Ich halte Salt ein Stück Fladenbrot hin, um ihn damit anzulocken, aber er zieht sich mal wieder so weit von mir zurück wie möglich.

»Ich dachte, wir wären jetzt Freunde«, sage ich zu ihm und werfe Ginger das Brot zu. Dad mag es gar nicht, wenn ich den Hunden etwas zu fressen gebe, was eigentlich für Menschen bestimmt ist, aber sein Gesicht wirkt wieder so verschlossen, dass er wohl nicht viel sagen wird.

»Dad, bist du krank?«, fragt Rachel, während sie auf uns zuhüpft.

»Ich bin beschäftigt«, antwortet er barsch, »und habe jetzt keine Zeit zu reden.«

Rachel klettert auf dem voll bepackten Schlitten in den Schlafsack, steckt den Daumen in den Mund und nimmt Taffy in die andere Hand.

Ich gehe zu Rachel und umarme sie. Sie macht sich steif.

»Meinst du, Taffy möchte mir beim Einspannen der Hunde helfen?«, frage ich.

Sie nimmt den Daumen aus dem Mund – gerade lange genug, um einen Lacher auszustoßen. Sie hat einen Stapel Bücher dabei, da sie unterwegs gern liest, vorausgesetzt, es ist warm genug, dass ihr beim Umblättern nicht die Hände einfrieren. Da Rachel pausenlos plappert, vergesse ich oft, wie schlau sie ist.

Während Mum mit mir den Fernunterricht durchging, hat sie sich selbst das Lesen beigebracht.
Mum ist bereits unterwegs. Sobald die Hunde eingespannt sind, wollen wir ihr folgen. Ginger wirkt überrascht, als ich ihr das Zuggeschirr über den Kopf streife. Pepper bellt erfreut auf und springt auf die Hinterbeine, während sich Salt hinter einem Baum versteckt.
»Nun komm schon, Salt«, versuche ich es so geduldig wie möglich.
Er jault, als hätte ich ihm wehgetan.
»Genug.« Ich zerre ihn zum Schlitten. »Ich will mich nicht mit dir streiten«, zische ich mit zusammengebissenen Zähnen. Während ich ihm das Geschirr anlege, hat er den Schwanz zwischen die Beine geklemmt. Dann legt er sich nieder und ich kann ihm die Riemen hinter den Vorderläufen nicht umlegen. Ich hieve ihn auf die Füße, doch er rollt sich sofort winselnd wieder zusammen.
Für mich ist es unerträglich, wenn Salt sich benimmt, als hätte er Angst vor mir.
»Fang«, ruft Rachel. Sie wirft mir Jerky aus dem Schlittensack zu, von dem ich Salt ein Stück gebe.
»Braver Hund«, lobe ich und tätschele ihm die Schnauze. Zu meinem Erstaunen steht er plötzlich auf und lässt es zu, dass ich ihn einspanne. Auf einmal wirkt er freundlich und aufgeschlossen und wedelt sogar mit dem Schwanz.
»Sitz!«, befehle ich ihm. Salt setzt sich nieder und sieht mich zum ersten Mal an. Ich werfe ihm die andere Hälfte des Fleisches zu. Wann hat er gelernt, auf diesen Befehl zu reagieren?

Jemand muss irgendwo mit ihm trainiert haben. Ich fahre ihm durchs Fell, bevor er zurückweichen kann.
»Los geht's!«, rufe ich Ginger zu. Die Hunde werfen sich nach vorn und der Schlitten setzt sich in Bewegung. Schnell greife ich nach dem Handbogen, der an mir vorbeisaust, und springe auf.

Später am Vormittag gelangen wir an eine Stelle, wo sich der Bach, dem wir gefolgt sind, zwischen zwei steilen Felswänden hindurchwindet, worauf Mum sich auf den Weg direkt über den Berg macht. Jede Minute, die wir vorwärtskommen, bevor die Sonne zu warm wird, zählt, denn hier gibt es nicht einmal mehr Weiden für Feuerholz. Bevor wir nicht den nächsten Bach erreicht haben, der jenseits des Gipfels verläuft, können wir unser Lager nicht aufschlagen.
Eine Weile gehen meine Hunde noch weiter, doch sie müssen sich durch weiche, tiefe Schneemassen kämpfen. Zudem reflektiert der Schnee die Sonne und es gibt keine Bäume mehr, um das grelle Licht abzufangen. Ich habe Ginger gegenüber ein schlechtes Gewissen, da ihr die Anstrengung bei Wärme besonders schwerfällt.
Winselnd dreht sich Salt zu mir um, stemmt seine Pfoten in den Schnee und bleibt stehen. Im nächsten Moment hat er sich niedergelegt und eingerollt. Pepper springt in seinem Geschirr ungeduldig auf und ab und jault, weil er weiterwill, doch die beiden vorderen Hunde können Salt im tiefen nassen Schnee nicht mit sich zerren. Ginger versucht es einige Male, dann bleibt sie ebenfalls stehen.

»Los geht's«, rufe ich. Dad ist direkt hinter mir und ich weiß, dass er mich beobachtet. Mein Herz schlägt wie nach einem Berglauf. Mit diesem Hund ist trainiert worden. Er weiß genau, was er tut. »Salt«, brülle ich. »Los geht's!«
Salt bleibt eingerollt liegen. Ginger gegenüber ist es nicht fair, wenn er nichts tut. Sie muss umso härter arbeiten, um den Schlitten wieder in Bewegung zu setzen. Außerdem muss Salt lernen, dass ich diejenige bin, die bestimmt. Ein Hundegespann ist wie ein Wolfsrudel, hat Dad einmal zu mir gesagt. Für die Hunde ist der Musher der Leitwolf ihres Rudels.
Jetzt ist das Maß voll. Ich stapfe zu Salt und mache mich dabei so groß wie möglich. Bis zu den Oberschenkeln im tiefen Schnee stehend, baue ich mich vor ihm auf und zerre ihn auf die Füße. Dann brülle ich lauter, als ich je in meinem Leben gebrüllt habe, direkt in sein Ohr: »Ich habe gesagt, los geht's!«
Erschrocken jault Salt auf, hechtet nach vorn und rennt los. Mein Schlitten saust an mir vorbei und ich erwische ihn gerade noch. Ein Stück laufe ich nebenher und halte mich am Handbogen fest. Die Leinen der Hunde sind gespannt und der warme, frische Frühlingswind bläst mir ins Gesicht. In den nächsten Momenten denke ich weder an Dad noch an Ginger und ihre Welpen noch an irgendwelche anderen Sorgen.
Ein Stück lasse ich mich fahren, stoße mich dann ab und stelle mich kurz darauf wieder ganz auf die Kufen, während mein Gespann fröhlich bellend vorwegläuft. Von hinten höre ich Rachel singen.
»Brave Hunde!«, rufe ich. Ihr Fell glänzt in der Sonne. »Brave Hunde!«

Wir fahren mehr als einen Kilometer, ohne dass ich ein einziges Mal schieben muss. Seit mein Gespann besser gehorcht, sind Dads Hunde wieder durch eine Leine mit meinem Schlitten verbunden und laufen direkt hinter mir. Nachdem Egypt mir allerdings mehrfach in die Fersen getreten ist, worauf ich gestrauchelt und aus dem Rhythmus gekommen bin, rufe ich schließlich »Whoa« und bremse.

Pepper springt hoch, weil er weiterwill, doch Salt wirft mir einen verstohlenen Blick über die Schulter zu und rollt sich zusammen.

»Brave Hunde«, rufe ich und drehe mich um. »Dad, ich binde deine Hunde von meinem Gespann los. Egypt folgt jetzt auch so. Sie läuft mir sonst dauernd in die Hacken.«

Mit gesenktem Kopf steht er auf seinem Schlitten. »Dann wird sie sich nicht vorwärtsbewegen und einfach stehen bleiben.«

»Doch, das wird sie schon.«

Er blickt über mich hinweg, als würde er mich nicht sehen.

»Bitte.«

»Tu, was du willst, aber fahr weiter.«

Ich entferne die Leine. Wenn Egypt dauernd in mich hineinläuft, ist es für mich viel anstrengender. Dabei sollte ich meine Kräfte besser sparen, um den Schlitten später noch schieben zu können, wenn der Schnee weicher wird.

Die Sonne steigt immer höher und die Schneehühner gackern wie wild. In dem gleißenden Sonnenlicht sind sie fast nicht zu sehen.

»Gack, gack, gack, gack«, macht Rachel die beiden Männchen nach, die links neben uns aufeinander losgehen. Taffy steckt ihren Kopf aus dem Schlafsack, faucht und versucht, nach ihnen zu springen.

»Bleib hier«, ruft Rachel und packt die Katze gerade noch rechtzeitig.

Über die Schulter blicke ich zu ihr zurück, wobei mein Schlitten fast umfällt, weil ich mich nicht konzentriere.

»Kannst du nicht auf deine Katze aufpassen?«, fahre ich sie an.

»Mach ich doch«, verteidigt sie sich. Dann steckt sie den Daumen in den Mund und ich drehe mich wieder zu meinen Hunden um. Mum ist weit vor uns und eine Weile schiebe ich den Schlitten von hinten an, um sie einzuholen. Die Sonne brennt mir dabei auf die linke Wange und von Süden weht ein warmer Wind. Eine Raupe, die genauso hektisch zu sein scheint wie Pepper, kriecht über den Schnee. Ich mache Rachel auf sie aufmerksam und sie schnappt sie sich. Immer wieder hole ich die Karte hervor und vergleiche die Umgebung um mich herum mit den dort abgebildeten Linien. Währenddessen lasse ich mich einfach ziehen, worauf Salt sich mehr als einmal vorwurfsvoll zu mir umdreht und jault. Doch er bleibt nicht stehen, um sich niederzulegen.

Zum ersten Mal erkenne ich den Nutzen einer Karte! Seit Jahren haben Mum und Dad mir auf Karten gezeigt, wo wir uns befinden, ohne dass ich die Strecke je nachvollziehen konnte.

Als die Sonne hoch über uns steht, will Mum eine Pause machen.

»Dazu ist keine Zeit«, lehnt Dad ab. »Wir müssen zum nächsten

Bach, wo es Holz gibt. Hier können wir nicht einmal Schnee zum Trinken schmelzen.«

»Ich will jetzt aber rasten«, erwidert Mum. »Die Mädchen brauchen etwas zu essen und die Hunde überhitzen sonst. Wenn wir sie noch weiter fordern, streiken sie bald.«

Die Hunde keuchen. Sobald wir stehen, legen sie sich nieder und wälzen sich zur Abkühlung im Schnee.

Dad schweigt. Er macht einige Schritte zurück in die Richtung, aus der wir gekommen sind, und bleibt abseits von uns stehen. Ich packe Tee, Jerky und den Raketentreibstoff aus, den ich letzte Nacht zusammengerührt habe. Rachel springt vom Schlitten, um die Raupe in sicherer Entfernung von Taffy freizulassen. Dann lässt sie sich fallen und macht mit Armen und Beinen eine Engelfigur im Schnee. Ich breite den Schlafsack über Taffy, damit sie den Schneehühnern nicht hinterherläuft, obwohl meine Schwester selbst daran denken sollte. Doch das tut sie nicht.

»Deine Katze läuft weg«, murmele ich. »Du solltest besser auf sie aufpassen.«

Mum stupst ihre jüngere Tochter mit dem Fuß an, worauf Rachel sich im Schnee wälzt wie die Hunde.

»Weißt du, wo wir sind?«, fragt sie, während sie hin und her rollt.

»Du hast wirklich unendlich viel Energie«, stellt Mum fest. »Aber Becky hat recht. Pass bitte auf deine Katze auf.«

Ich hole die Karte aus dem Schlittensack und falte sie auseinander.

»Sieh mal da drüben«, beginne ich und deute auf den Berg vor uns. »Siehst du den Gipfel da?« Anschließend zeige ich auf die Karte. »Noch gut eineinhalb Kilometer, dann geht es wieder bergab.«

Mum blickt lächelnd zwischen mir und Rachel hin und her. Wir Schwestern verstehen uns nicht immer gut. Bevor Dad depressiv wurde, haben sich unsere Eltern sogar immer beschwert, dass sie die ständigen Streitereien zwischen uns nicht mehr ertragen könnten.

Im Moment scheint Rachel nicht mehr mit mir streiten zu wollen. Vielleicht will sie Dad damit einen Gefallen tun.

»Guter Raketentreibstoff«, sagt Mum.

Rachel hat unsere tägliche Karamellration so getauft, weil ihr die Bonbons so viel Kraft geben. Beim Anrühren im Zelt wechseln wir uns abends ab. Dad hat oft Pemmikan-Bonbons gemacht. Das sind die besten – gemahlenes, getrocknetes Karibufleisch mit braunem Zucker, Erdnussbutter, Preiselbeeren und Gewürzen. Er würde uns nie erzählen, welche Gewürze er nimmt, aber er hat immer gesagt, wenn wir mehr als zwei äßen, würden unsere Mägen platzen.

Es ist allerdings schon lange her, seit Dad sie zuletzt gemacht hat. Er dreht sich um und in dem hellen Sonnenlicht fällt mir auf, wie dünn er geworden ist. Inzwischen kann ich seine Stimmung in seinem Gesicht ablesen. Er sieht anders aus als früher, älter und mit schärferen Konturen, die Augen wirken größer. Die Mundwinkel hängen immer weiter herunter. Ich wende den Blick von ihm ab und denke an eine Tour, die Dad und ich einmal in seinem Revier gemacht haben.

»Das Wichtigste beim Hunderennen ist«, sagt Dad und bohrt mit einem Stock im Lagerfeuer, »an sich selbst und an seine Hunde zu glauben. Du musst davon überzeugt sein, dass deine Hunde dich nicht enttäuschen und dass sie tun, was du von ihnen verlangst. Deshalb muss man sich genau überlegen, was man von ihnen verlangt.«
Der Himmel hinter dem Licht des Feuers ist voller Sterne und Schatten. Bears Augen funkeln im Dunkeln. Die anderen Hunde liegen eingerollt mit den Köpfen unter den Schwänzen auf ihren Lagern aus Fichtenzweigen. Hoch über den Bergkämmen und dem vom Mond beschienenen Eis flimmert die erste Morgenröte auf. Bear schaut in unsere Richtung und jault aus tiefster Kehle.
»Verlange nie etwas von einem Hund, von dem du glaubst, dass er es nicht kann.«
Ich verlasse die Wärme des Feuers und vergrabe mein Gesicht an Bears Hals. Ich reibe mich an seinem Rücken und er drückt sich gegen mich. Der Himmel ist umwerfend schön.
Dad wirft einen Armvoll Zweige ins Feuer und die Funken sprühen und tanzen in die unendliche Himmelswölbung.

»Seid ihr fertig?«, fragt Dad. Mum schnallt ihre Schneeschuhe wieder an und Rachel greift nach dem letzten Stück Raketentreibstoff, bevor sie wieder in den Schlittensack schlüpft.
»Ich dachte, du meinst, da ist nicht genug Schokolade drin«, erinnere ich sie.
»Ach ja?«, antwortet Rachel. »War das so?«
Ich schüttele den Kopf. Rachel behauptet immer, sich nicht an die seltsamen Dinge erinnern zu können, die sie gesagt hat. Schade nur, dass ich mich daran erinnere!

Abermals begebe ich mich nicht sofort hinten auf die Kufen, um den Hunden den Befehl zum Loslaufen zu geben, sondern hieve zunächst Salt auf die Beine. Ich brülle ihm ins Ohr, was ich von ihm will. Als er losprescht und der Schlitten an mir vorbeisaust, springe ich schnell auf. Sobald Salt Anstalten macht, die Vorderläufe in den Boden zu stemmen und stehen zu bleiben, bin ich an seiner Seite und brülle ihn an, worauf er jaulend weiterrennt, als würde er geschlagen werden. Ich fühle mich schlecht, wenn ich ihn anbrülle, aber für Ginger ist es viel leichter, wenn er mitzieht.

Irgendwann öffnet sich unter uns das nächste Tal mit dem Snake River, der sich zwischen Felsen hindurchwindet. Im Norden erheben sich die Berge, in denen unser Blockhaus liegt. Mum ist so erschöpft, dass sie immer wieder stehen bleibt, um sich auf einem Knie im Schnee auszuruhen. Anders kann man sich in Schneeschuhen nicht niedersetzen, da sie zu breit sind.

Unser kleines Haus liegt noch gut dreißig Kilometer weiter flussaufwärts. Das letzte Mal waren wir dort, bevor Dad vor einem Jahr krank geworden ist. Es war mein Zuhause, doch das scheint lange her zu sein und seitdem ist so viel geschehen, dass ich nicht weiß, ob es jemals wieder ein Zuhause für mich sein wird. Sollte Dad nicht mehr bei uns wohnen, möchte ich nicht mehr dort sein. Wie konnte Mum behaupten, dass es das Beste für uns wäre? Glaubt sie etwa, das Leben ginge einfach so weiter, nur ohne ihn?

Ich bin so erschöpft, dass sogar meine Arme schmerzen. Gern würde ich mich einfach auf die Kufen stellen und mich ziehen lassen, aber ich weiß, dass die Hunde zu müde dazu sind. Ginger sollte auf einem warmen Strohlager liegen und nicht eingespannt vor einem Schlitten laufen. Ich hätte sie nicht mitnehmen dürfen.

Ununterbrochen schiebe ich. Die Wärme hat den Hunden jegliche Energie geraubt. Der Anblick unseres Flusses treibt mir die Tränen in die Augen. Er erinnert mich an die Zeit, in der Dad noch nicht depressiv war. Ich will meinen Vater zurück.

Als wir schließlich bei den Weiden ankommen, wo wir unser Lager aufschlagen können, ist es bereits dunkel. Dad kümmert sich um das Zelt, während Mum Feuerholz sammelt. Da Rachel behauptet, ihr sei kalt, lässt Mum sie am Feuer sitzen, während alle anderen arbeiten. Ich schirre die Hunde aus und entlade beide Schlitten. Meine Hunde müssen heute Nacht ohne Fichtenzweige schlafen, weil ich nicht mehr genug Kraft habe, sie zurechtzuschneiden.

Ginger schiebt ihre Schnauze in meine Hand. Ich kann mir kaum noch vorstellen, dass sie am Anfang so schüchtern war und nicht einmal das Dach ihrer Hundehütte verlassen hat, um mich zu begrüßen.

Rachel kommt zu mir herüber und bricht von den Bäumen tote Zweige ab.

»Kannst du so viel sammeln, dass es fürs Anzünden des Feuers morgen früh reicht?«, frage ich sie.

»Kein Problem«, antwortet Rachel, als hätte sie das schon die ganze Zeit vorgehabt.

»Rachel?«

»Ja?«
»Versuch mal, ob du auch grüne Zweige abbekommst. Vielleicht schaffst du es auch ohne Axt.«
Rachel steht auf Zehenspitzen und bricht mehrere Zweige ab.
»Geht leicht«, sagt sie. »Soll ich die Lager für die Hunde richten?«
»Danke«, antworte ich. »Das wäre toll.«
Zum Abendessen gibt es Reste vom Fladenbrot und dem Jerky. Mum mixt Schokolade mit getrockneten Beeren als Raketentreibstoff, ohne sich die Mühe zu machen, ihn zu erhitzen. Als niemand schaut, werfe ich Ginger ein Stück Fleisch zu. Nachdem sie es hinuntergeschlungen hat, jault sie. Dann fängt sie wieder an zu scharren und ich zwinge mich, das warme Zelt zu verlassen und ihr meinen Schlittensack hinzuwerfen. Niemand merkt es. Sie sind alle müde.
Gleich nach dem Essen schlüpfen wir in unsere Schlafsäcke. Mum sagt nichts. Vielleicht will sie nicht wahrhaben, was mit Ginger los ist. Vielleicht aber wartet sie auch darauf, dass ich es ihr sage.
Meine Muskeln schmerzen so sehr, dass ich nicht einschlafen kann. Ich wälze mich hin und her und blicke immer wieder zu Dad hinüber, der mit unter dem Kopf verschränkten Armen auf dem Rücken liegt. Die Augen weit aufgerissen, starrt er gegen das Zeltdach, ohne einen einzigen Muskel in seinem Gesicht zu bewegen.
Vielleicht kann man nicht schlafen, wenn man Depressionen hat. Vielleicht denkt er auch an Bear.
»Dad«, spreche ich ihn leise an. Er antwortet nicht, doch in

seinem Gesicht regt sich etwas. Es sieht aus, als würde er versuchen, Tränen hinunterzuschlucken.

Aus dem nächtlichen Wald schallt der Schrei einer Eule – fünf kurze Schreie und am Ende ein langer. Eine andere Eule antwortet und die beiden rufen sich gegenseitig etwas zu, während das Mondlicht Schatten an die Zeltwände wirft.

Wenn wir Dad nur genug lieben, denke ich, wird es ihm besser gehen. Ich beschließe, morgen noch mehr Arbeiten zu übernehmen.

Ginger ist draußen sehr unruhig. Sie jault, dann scharrt sie eine Weile, bevor sie wieder anfängt zu jaulen.

Werden ihre Jungen überhaupt überleben, wenn sie in der nächtlichen Kälte geboren werden? Ich habe von Mushern gehört, die am Morgen erfrorene Welpen gefunden haben. Tagsüber, wenn die Sonne scheint, ist es warm, doch sobald sie untergegangen ist, kehrt für die Nacht wieder der Winter ein.

Plötzlich fasse ich einen Entschluss.

»Ginger geht es nicht gut«, sage ich in die Dunkelheit des Zeltes hinein.

Dad antwortet nicht und Mum schläft.

»Sie hat sich heute überanstrengt. Ich hole sie herein.« Dann schlage ich meinen Schlafsack zurück und gehe zu ihr, noch bevor Dad eine Chance hat, Nein zu sagen.

Ginger schmiegt sich an mich, als ich sie losmache. Lautlos folgt sie mir ins Zelt. Salt jault, als er sieht, dass ich sie mitnehme. Ich habe keine Ahnung, ob Dad es überhaupt mitbekommen hat. Die Holzscheite im Ofen brennen langsam herunter und sind erloschen, bevor ich einschlafe.

KAPITEL 7

Am nächsten Morgen gelingt es mir, Ginger aus dem Zelt zu befördern und draußen wieder anzubinden, bevor jemand aufwacht – abgesehen von Salt und Pepper natürlich. Salt erhebt sich sogar und bellt, so froh ist er, Ginger wiederzusehen. Pepper rast aufgeregt mit der Schnauze am Boden um die Weide herum und wirbelt Schnee auf. Dabei verheddert sich seine Leine so stark, dass es mehrere Minuten dauert, bis ich ihn wieder freibekomme, denn sobald ich mich ihm nähere, springt er auf mich los.

Ich mag das Gefühl, wenn nur ich allein wach bin und ich dem Kaffeewasser auf dem Ofen beim Kochen zuschauen kann. Auch beobachte ich gern, wie die Sonnenstrahlen zuerst die Berggipfel erreichen und sich dann langsam immer weiter ausbreiten.

Nach dem Frühstück laden Rachel und Mum unser Gepäck auf die Schlitten, während Dad das Zelt abbaut. Mir fällt auf, dass man Rachel nicht einmal mehr darum bitten muss zu helfen. Dad trägt den noch glühenden Ofen mit dicken Handschuhen hinaus, kippt die Kohlen in den Schnee und verstaut die Abzugsrohre, sobald das Blech abgekühlt ist. Unterdessen lege ich den Hunden ihr Zuggeschirr an und zurre meine Ladung fest.

Zunächst gehen wir am Bachlauf entlang den Pass hinunter in Richtung Fluss. Sogar Salt zieht vorwärts – vielleicht weil es bergab geht und er Angst hat, dass der Schlitten in ihn hineinrauscht, oder weil er es doch noch gelernt hat.
»Braver Hund«, rufe ich ihm zu.
Als Belohnung habe ich ein Stück meines Fladenbrots vom Frühstück aufgehoben. Alle halbe Stunde halte ich an und gebe jedem Hund etwas davon.
Wir fahren jetzt auf dem Eis des Baches, der tagsüber bereits angetaut war, in der Nacht aber wieder festgefroren ist. Deshalb liegt nur eine dünne Schicht Schnee darauf – gerade genug, damit die Hunde nicht ausrutschen und Mum nicht mit ihren Schneeschuhen vorweggehen muss. Ich brauche überhaupt nicht zu schieben. Flinker als je zuvor fliegen die Hunde leicht und unbeschwert dahin. Zunächst laufe ich nebenher. Doch bald bin ich zu erschöpft und springe auf. Dabei singe ich die Lieder nach, die Rachel in ihrem Schlittennest pfeift. Meine Hunde werden nicht einmal langsamer.
Sobald wir den Fluss erreichen, schlagen wir unser Lager auf. An herumliegenden Fichtenzweigen als Feuerholz mangelt es nicht und auf dem Eis sind überall Karibuspuren zu sehen. Darüber sind die Abdrücke von Wölfen zu erkennen, die den Karibus dicht auf den Fersen sind. Das Ufer ist von Weiden gesäumt, unter denen Schneeschuhhasen ihre Spuren hinterlassen haben. An großen Flüssen herrscht immer viel Leben.
Die Riemen einiger Hundegeschirre sind mürbe geworden. Mum sitzt vor dem Zelt in der Sonne und flickt sie, während Rachel etwas in ihr Tagebuch malt.

»Kannst du auch zeichnen kommen?«, fragt Rachel Mum.
»Geht nicht«, antwortet Mum. »Ich habe noch zu tun.«
Bislang hat Mum alles verbrannt, was sie seit unserer Abreise gezeichnet hat. Das Projekt für die Galerie könnte eine Riesenchance für sie sein, doch sie versucht es nicht einmal. Sie lässt ihren Traum einfach davonziehen.
Ginger schläft auf Fichtenzweigen und Salt liegt dicht neben ihr. Bevor ich ins Bett gehe, binde ich ihn an, falls Wölfe kommen, doch im Moment möchte er nur nahe bei Ginger sein. Pepper springt mehrmals knurrend eine Weide an und schnappt nach den zurückschlagenden Ästen.
Dad sitzt wie immer mit gesenktem Kopf auf einem Baumstumpf. Ich hole eine Rolle Draht aus dem Schlittensack und schneide mit dem Drahtschneider mehrere Stücke in einer bestimmten Länge ab.
Dieses Mal wird es mir gelingen. Ich werde Dad zum Reden bringen.
»Dad«, spreche ich ihn an.
»Ja.«
»Ich lege Hasenfallen aus. Kommst du mit?«
Dad öffnet den Mund, schließt ihn dann aber wortlos wieder. Stattdessen schüttelt er den Kopf.
»Bitte.«
Er grinst und einen Moment lang erreicht das Grinsen seine Augen und sein Gesicht hellt sich auf.
»Na gut«, willigt er ein und klopft tastend auf seine Tasche, um zu prüfen, ob er Tabak dabeihat. Man kann sich kaum noch vorstellen, dass er vorhatte aufzuhören.

»Kann ich auch mit?«, ruft Rachel aus dem Inneren des Zeltes. Durch den Eingang sehe ich sie Handstand machen, während Taffy zum Angriff bereit am Fuß des Schlafsacks sitzt. Rauch steigt aus dem Abzug in die Bäume auf.
Mum würde fuchsteufelswild werden, wenn sie sähe, was Rachel im Zelt treibt. Es ist gefährlich, dort drinnen herumzutoben, wenn der Ofen brennt. Allerdings kann ich verstehen, dass Rachel Bewegungsdrang hat, da sie den ganzen Tag still auf der Ladung sitzen muss.
»Tut mir leid, heute nicht«, sage ich zu ihr. »Aber ich würde mir gern dein Tagebuch anschauen, wenn ich zurückkomme. Und du solltest mit den Turnübungen aufhören.«
Dad und ich betreten den zugefrorenen Fluss. Hinter uns höre ich meine Hunde heulen. Sie sind enttäuscht, dass ich sie zurückgelassen habe! Die Sonne geht im Westen hinter den Bergen unter und man sieht lange Schatten auf dem Schnee. Wir hocken uns nieder, um die Karibuspuren genauer zu untersuchen. Dad hat sein Gewehr geschultert.
In der Stadt hat Dad zuletzt fast den ganzen Tag schweigend auf dem Sofa gelegen. Jetzt wirkt er zumindest wieder etwas normaler. Er zieht einen Handschuh aus und wischt den Frost von einem Abdruck.
»Die sind von gestern, glaube ich«, sagt er.
Diese Karibus sind auf dem Weg in Richtung Norden, wo unser Blockhaus steht und sie ihre Jungen zur Welt bringen. Ungefähr fünfzig Kilometer von hier fließt hoch oben in den Bergen ein Bach von einem Gipfel in den Fluss. Dorthin begeben sich die Karibuweibchen zum Kalben. Nur Barrenland-Kari-

bus wandern den weiten Weg bis in die Tundraregionen der Arktis. Bei der Herde hier handelt es sich um Woodland- oder Wald-Karibus, die ihre Kälber jedes Jahr an derselben Stelle zur Welt bringen. Wir haben schon Karibukühe beobachtet, die mitten in einer stürmischen Frühlingsnacht auf einem Berggipfel geboren haben. Dad meint, sie würden sich so weit nach oben zurückziehen, um den Wölfen zu entkommen. Mum hält es jedoch für wahrscheinlicher, dass sie vor den Mücken fliehen.

Ich will die Zeit nicht verschwenden, die ich mit Dad allein habe. Wenn er über Tiere spricht, kommt er mir am normalsten vor. Zumindest redet er dann.

»Würdest du jetzt ein Karibu erlegen, wenn wir eins sähen?«, frage ich ihn, um einen Anfang zu machen.

Dad sieht mich an. Er scheint einen guten Tag zu haben. Beide Hundeteams laufen jetzt besser und der Schnee hält.

»Die Jagdsaison ist vorbei, wie du weißt«, antwortet er.

»Können wir dann vielleicht nach toten Karibus suchen, wenn wir beim Blockhaus sind?« Einmal haben wir ein Karibu gefunden, das in den eiskalten Fluss gefallen war, nachdem Wölfe es getötet hatten. Wahrscheinlich haben sie es nicht mehr geschafft, es herauszuziehen. Das Fleisch roch und schmeckte noch gut und frisch.

Der Unterschied zwischen wildem und gekauftem Fleisch ist schwer zu erklären. Wildes Fleisch hat mehr Geschmack, genauso wie Karotten aus dem eigenen Garten besser schmecken als das Gemüse, das aus dem Süden kommt und dann bei uns in den Geschäften verkauft wird.

»Das werden wir sehen, wenn wir da sind«, antwortet Dad. »Komm. Es ist schon spät und ich dachte, du wolltest noch Fallen auslegen.«

Das ist der richtige Zeitpunkt. Es geht ihm gut genug, um meine Fragen zu beantworten. So redselig wie jetzt ist er selten.

Wir klettern die Böschung hinauf. Zwischen den Weiden sind überall Spuren von Schneeschuhhasen. Die Tiere heißen so, weil ihre dicken Pfoten Spuren hinterlassen, die aussehen, als stammten sie von Schneeschuhen. An Stellen, wo zwischen den einzelnen Weiden nur wenig Platz ist, setzen wir eine Drahtschlinge, die an einem Stock befestigt wird. Wenn der Hase dann heute Nacht dort entlanghoppelt, landet er mit dem Kopf in der Schlinge.

Den ersten Draht habe ich fertig um den Stock gewickelt. Er hängt ungefähr 30 Zentimeter über dem Schnee und sollte sich um den Hals des Hasen schließen und ihn sofort töten.

Ein Stadtkind hat mir einmal vorgeworfen, das sei brutal, doch wenn man in der Wildnis aufgewachsen ist, hat man ein anderes Verhältnis dazu. Dad hat mir früher erklärt, dass jedes Lebewesen in der Natur Nahrung für ein anderes ist. Allerdings war er immer dafür, nur so viele Tiere wie nötig zu töten und sie so wenig wie möglich leiden zu lassen. Vielleicht muss man in der Nähe von Wölfen und Karibus groß geworden sein, um das nachvollziehen zu können. Wenn ich ein Tier wäre, würde ich lieber in der freien Wildbahn leben und dann schnell sterben, anstatt mein Leben in einer Kiste oder einem Stall zu fristen.

Ich finde noch vier weitere brauchbare Hasenspuren und stelle

an den entsprechenden Stellen Drahtschlingen an einem Stock auf. Die letzten Sonnenstrahlen wärmen mein Gesicht.
»Dad?«, frage ich, bevor ich es mir anders überlegen kann.
Er steht neben mir und wartet, dass ich mit den Fallen fertig werde. Statt mir zu helfen, pflückt er gefrorene Preiselbeeren.
Während er sich eine Beere in den Mund steckt, sieht er zu mir herüber.
»Willst du etwas sagen?«, fragt er.
»Ich weiß nicht, was mit dir los ist«, stoße ich schließlich hervor.
»Was meinst du?«
»Mum sagt, dein Gemüt sei krank. Das verstehe ich nicht.«
Seine Miene verfinstert sich und er entfernt sich von dem Beerenstrauch.
»Manchmal sprichst du tagelang nicht mit uns. Es ist, als wärst du gar nicht da. Und dann bist du wieder normal, so wie jetzt.«
Ich weiß nicht, wie ich es anders ausdrücken soll. Ich weiß noch nicht einmal, was ich genau von ihm will. Aber ich weiß, dass er mit mir darüber reden muss.
»Warum verstehst du das nicht?«
Ich spüre, wie meine Wangen anfangen zu glühen. Ich halte es nicht mehr aus. Ich habe keine Lust mehr, ihm alles recht zu machen, wenn es offenbar doch nichts bringt.
»Was ist los mit dir? Wenn dein Gemüt krank ist, was genau funktioniert da nicht? Und warum kannst du nichts dagegen tun?«
Einen langen Moment antwortet er nicht und ich bin sicher,

dass er mich stehen lässt. Doch ich beschließe, ihm zu folgen und weiterzufragen, falls er sich abwendet.
Er geht zu einem Baumstamm, fegt den Schnee hinunter und setzt sich. Dann holt er seinen Tabak und die Blättchen aus der Tasche und dreht sich eine Zigarette. Aus einer anderen Tasche nimmt er das Feuerzeug und beginnt zu rauchen.
Seine Qualmerei mag ich gar nicht.
»Ich dachte, deine Mutter hätte es euch erklärt.«
»Ach ja? Ich will, dass du es mir erklärst. Sag mir, warum du dich so anders verhältst. Bist du sauer auf mich? Ich habe dir nichts getan.«
Abermals schweigt er und ich spüre die Kälte durch die Kleidung kriechen.
»Es ist nicht deine Schuld. Ich bin auf niemanden sauer.«
»Die meiste Zeit tust du so, als wären wir gar nicht da. Das finde ich schrecklich.«
»Weißt du, was es bedeutet, depressiv zu sein?«
»Ja. Mum hat es mir erklärt. Du bist traurig. Du kannst nicht richtig schlafen und hast keinen Appetit …« Ich versuche mich daran zu erinnern, was Mum sonst noch gesagt hat.
»Hast du dich schon mal so gefühlt, als würdest du mitten im Nebel stehen? Vielleicht, als du Fieber hattest?«
»Ja, doch.« Aber ich tue den anderen nicht weh, wenn ich krank bin.
»So geht es mir oft. Manchmal habe ich das Gefühl, von so dichtem Nebel umgeben zu sein, dass ich nichts mehr spüre, nicht mehr klar denken kann und mich an nichts erinnere.« Er wirft die Zigarette auf den Boden und tritt sie mit dem Stiefel

aus. »Das sind dann die Zeiten, in denen du das Gefühl hast, ich wäre nicht wirklich da.«

»Wird es je aufhören?« Die Frage macht mir Angst.

»Manchmal, so wie heute, ist der Nebel wie weggeblasen und ich kann dich und den Rest der Welt um mich herum ganz normal sehen.«

Von der anderen Seite des zugefrorenen Flusses höre ich das Krachen einer Axt. Mum hackt anscheinend Holz.

»Ich kann nichts dagegen tun.« Er spricht so leise, dass ich ihn kaum verstehe. »Ich habe keinen Einfluss darauf, wann sich der Nebel verzieht.«

»Dabei mache ich alles, was du immer von mir gewollt hast, aber du bemerkst es nicht einmal. Ich trainiere sogar mein eigenes Hundeteam.«

»Vielleicht kannst du mir später davon erzählen«, sagt Dad ruhig. »Oder du schreibst alles auf.«

Ich weiß, dass er nicht gern darüber spricht, aber ich habe so lange gewartet und geschwiegen, dass die Worte jetzt nur so aus mir heraussprudeln.

»Wird es dir je etwas bedeuten?«

»Das hoffe ich, Becky.«

Wie kann ein Vater sagen, dass er hofft, es werde ihm etwas bedeuten. Bevor ich es verhindern kann, habe ich Tränen in den Augen.

»Kämpfst du dafür, dass es besser wird?« Die Antwort auf diese Frage ist mir wichtiger als alles andere.

»Ich nehme Medikamente. Die sollen helfen.«

»Und tun sie das?«

»Immerhin spreche ich jetzt mit dir. Der Nebel ist zwar noch da, aber inzwischen lichtet er sich manchmal. Immer öfter, habe ich das Gefühl. Doch wenn er mich wieder einhüllt, fühlt es sich an, als würde ich nie mehr herauskommen.«

Das ist nicht das, was ich hören will. Ich möchte hören, dass er glaubt, wieder gesund zu werden, dass er sich zusammenreißen wird, jetzt, da er weiß, wie sehr ich leide. Ich will, dass wir abends im Zelt wieder um den Ofen sitzen und alte Wanderlieder singen, wie früher. Ich will, dass er meinem Hundeteam Aufmerksamkeit schenkt und merkt, wie es immer besser gehorcht.

Ich will nicht mehr immer zuerst in sein Gesicht schauen, um zu wissen, in welcher Stimmung er ist. Er ist ein erwachsener Mann. Ich will, dass er sich unter Kontrolle hat.

Wichtiger als alles andere ist mir jedoch, dass er wieder der Dad von früher ist und sich nicht wie ein Fremder benimmt.

Die Sonne ist jetzt hinter den Bergen verschwunden. Auf dem Schnee sind keine Schatten mehr zu sehen und die Temperatur sinkt schnell.

»Ich kann dir nichts versprechen. Wenn ich dafür kämpfen könnte, würde ich es tun, glaub mir«, sagt er.

Ich gehe zu Dad und greife nach seinem Parka. Eine Weile stehe ich im kalten Wald, halte mich an ihm fest und möchte ihn nie mehr loslassen.

»Deine Hunde laufen übrigens großartig, Becky«, lobt er plötzlich.

Ich bin so überrascht, dass ich lachen muss. »Hast du bemerkt, dass ich sie nie geschlagen habe?«, frage ich.

»Davon bin ich immer ausgegangen«, antwortet er.

Fair ist es nicht. Er riecht wie immer – nach Wald, Rauch und Hunden. Ich nehme seine Hand und wir betreten abermals den zugefrorenen Fluss, auf dem es nach wie vor von Karibuspuren wimmelt. Um uns herum erheben sich, wild und wunderschön, die Berge. Wir gehen auf das vom Licht erhellte Zelt zu, das sich vor der einbrechenden Dunkelheit und dem riesigen, stillen Tal abhebt. Als wir näher kommen, sehe ich Mum draußen mit einer Kerze stehen. Sie hat den Blick auf Ginger gerichtet, die auf ihrem Fichtenzweiglager liegt.

Selbst aus der Entfernung kann ich erkennen, dass Mum wenig begeistert aussieht.

KAPITEL 8

»Becky«, sagt Mum.

Ich klettere neben Dad die Uferböschung hinauf. Er geht ins Zelt und ich höre, wie er die Kaffeekanne nimmt und sich eine Tasse einschenkt. Das Zelt wackelt und man hört etwas krachen – Rachel schlägt Purzelbäume auf ihrem Schlafsack.

»Hör auf damit«, schimpft Dad. »Wie oft habe ich dir das schon gesagt?«

»Becky«, wiederholt Mum und sieht mich über ihre Brillengläser hinweg an.

»Ja.«

»Kommst du bitte mal her.«

Langsam nähere ich mich der weißen Erhebung neben ihr – Ginger. Schwerfällig rappelt meine Leithündin sich auf und schiebt ihre Schnauze in meine Hand. Ich muss sie nicht einmal mehr rufen.

»Dieser Hund ist trächtig. Du musst es gewusst haben, bevor wir losgefahren sind.«

»Ich konnte sie nicht zurücklassen, Mum. Sie fängt gerade an, mir zu vertrauen.«

»Warum nimmst du sie auf so eine Unternehmung mit, wenn

sie Junge bekommt? In ihrem Zustand sollte sie keinen Schlitten ziehen.«

»Ich weiß. Deshalb habe ich auch so kräftig mitgeschoben, wenn es schwierig wurde.«

»Wer ist der Vater der Welpen?«

»Ich weiß es nicht. Vielleicht war sie schon trächtig, als ich sie bekommen habe.«

Für eine lange Zeit schweigen wir beide. Schließlich streckt Mum den Arm aus und krault Ginger hinter den Ohren.

»Du hast nicht überlegt«, sagt sie. »Ich dachte, du hättest genug Verantwortungsgefühl, um ein eigenes Gespann zu führen.«

»Ich habe Verantwortungsgefühl. Ich sorge gut für meine Hunde.« Plötzlich wird mir flau im Magen. Was ist, wenn sie mir nicht erlaubt, dass ich die Welpen behalte? Und wie kann sie von Vertrauen reden? Sie ist diejenige, die will, dass Dad allein lebt, weil er krank ist. Ich habe ihr vertraut, dass sie alles tut, um die Familie zusammenzuhalten. Ich habe ihnen beiden vertraut.

»Du hättest es mir sagen sollen.« Mum sieht nicht einmal wütend aus. Sie wirkt nur müde. »Was sollen wir auf dem Weg zurück in die Stadt machen? Wir können nur mitnehmen, was in die Taschen passt.«

»Welpen können bereits nach wenigen Wochen laufen.«

»Mit einem Wurf Welpen, der hinter uns herwackelt, sind wir Wochen unterwegs.«

»Dann trage ich sie eben.«

»Du hast nur zwei Arme. Warum hast du mir nicht davon erzählt, bevor wir losgegangen sind?«

Wie kann ich es ihr erklären? Ich muss meine eigenen Renn-hunde züchten. Dazu sind einige Generationen nötig und Gingers Welpen bilden den Anfang.
All diese Gedanken gehen mir durch den Kopf, doch ich spreche nichts davon aus. Ich stehe nur da. Die Wahrheit ist, dass ich nicht darüber nachgedacht habe, was mit den Welpen geschehen würde. Ich wollte sie bei mir haben und hatte keine Lust, mit Mum darüber zu streiten. Natürlich kann ich ihr das nicht sagen, denn dann würde sie wissen wollen, warum. Mum findet es wichtig, Probleme mit Menschen, die einem nahestehen, auszudiskutieren. Allerdings habe ich nicht das Gefühl, Mum noch nahezustehen. Ich stehe niemandem nahe – außer meinen Hunden vielleicht.
Wenn ich meine Familie schon nicht zusammenhalten kann, dann habe ich wenigstens noch meine Hunde.
»Erzählst du es Dad?«, frage ich.
»Das ist deine Aufgabe«, erwidert sie und geht zum Zelt.
Ich bleibe noch lange draußen und grabe mich durch den Schnee, bis ich auf Moos und Erde stoße, um nach Preiselbeeren zu suchen, die den Winter frisch überstanden haben.
Ich finde keine.
An diesem Abend wirkt Dad fast normal. Einige Male sagt er sogar etwas, ohne gefragt worden zu sein, und als Rachel bei einem Flickflack seinen Kaffee umstößt, bittet er sie lediglich, ihre Turnübungen draußen zu machen.
»Im Schnee?«, fragt Rachel entsetzt.
»Ja, im Schnee«, bestätigt Dad und man kann fast ein Lachen hindurchhören.

»Becky, kommst du mit?«

Meine Schwester zu begleiten scheint mir angenehmer, als mit Mum im Zelt zu bleiben. Also setze ich mich nach draußen und sehe Rachel bei ihren Turnübungen zu. Taffy hockt im Zelteingang und leckt sich die Pfoten. Pepper zieht wie ein Wilder an seiner Leine, wahrscheinlich, weil er auf die Katze scharf ist.

Jedes Mal, wenn Rachel einen Handstand macht, muss ich lächeln, da sie so glücklich aussieht.

»Lass mich auch mal probieren«, sage ich zu ihr. Ich versuche es immer wieder, aber jeweils an einem bestimmten Punkt merke ich, wie ich das Gleichgewicht verliere und kurz darauf mit dem Gesicht zuerst im Schnee lande.

Mum kocht jetzt Getreide und Fleischreste in einem Topf, der draußen am Dreifuß hängt. Sie fügt Trockenfutter und Öl hinzu und füttert damit beide Gespanne. Mir entgeht nicht, dass sie Ginger eine Extraportion gibt.

Ich biete ihr meine Hilfe nicht einmal an. Im Moment möchte ich nicht in ihrer Nähe sein.

Stattdessen überlege ich, wie man die Welpen in die Stadt zurücktransportieren kann. Wird Dad mir überhaupt erlauben, sie zu behalten? Einmal hat er zu mir gesagt, dass es besser sei, Welpen gleich nach der Geburt zu töten, wenn niemand sie will. Auch Bear hat er erschossen, obwohl er ihn liebte. Wie viel wird es ihm dann ausmachen, sich neugeborener Hunde zu entledigen?

Schließlich geht Mum wieder hinein und auch meiner Schwester wird kalt. Sie will ins Bett. Dad gegenüber erwähnt Mum nichts. Fast wünsche ich mir, sie würde etwas sagen, damit es erledigt ist. Ich fühle mich immer schlechter. Ginger sollte im Zelt sein und nicht draußen, aber ich kann sie nicht hineinbringen, bevor ich mit Dad gesprochen habe.

Erst als sie in ihre Schlafsäcke kriechen, ruft Mum mich herein.

»Dad«, setze ich an, nachdem die Kerze ausgeblasen ist und für eine Weile niemand etwas gesagt hat. Ich hoffe, dass Rachel und Mum schlafen.

»Was ist?«

Seiner Stimme merke ich an, dass er all die Fragen, die ich ihm gestellt habe, als wir wegen der Fallen draußen waren, nicht vergessen hat. Ich weiß, dass er fürchtet, ich würde noch weiter bohren.

»Dad. Ich muss dir was erzählen.«

»Was denn?«, fragt Rachel.

Ich beachte sie nicht. »Dad. Ginger bekommt Junge.«

»Hurra!«, ruft Rachel und setzt sich in ihrem Schlafsack auf.

Dad antwortet nicht.

»Hast du mich gehört, Dad?«, hake ich nach.

»Ich habe dich gehört.«

»Und? Findest du es schlimm?«

»Natürlich. Wie sollen wir sie in die Stadt zurückbekommen? Wie stellst du dir das vor?«

»Darum kümmere ich mich.«

»Wie?«

Ich weiß keine Antwort. Rachel hat genug Feingefühl, um sich wieder hinzulegen und den Mund zu halten.

»Wann werden die Welpen geboren?«, will Dad schließlich wissen.

»Es kann jetzt jeden Tag passieren.«

Wieder herrscht Stille. Ich höre, wie Rachel sich an Taffy kuschelt, die ohne Unterlass schnurrt.

»Du kannst sie nicht behalten«, sagt Dad. »Und das weißt du ganz genau.«

»Ich muss sie behalten.«

»Ich will nicht mehr darüber reden.«

Doch ich setze mich einfach darüber hinweg. »Kann ich Ginger reinbringen?«, frage ich. »Draußen im Schnee fühlt sie sich sicher nicht wohl.«

Dad reagiert so lange nicht darauf, dass ich bereits glaube, er hat mich nicht gehört.

»Meinetwegen«, stimmt er schließlich zu.

Ich ziehe meine Stiefel an und gehe zu Ginger hinaus. Der Mond ist aufgegangen und die Nordlichter glühen wie wehende Vorhänge am Sternenhimmel.

Ich habe es getan. Ich habe es ihnen gesagt, aber offensichtlich wollen weder Mum noch Dad, dass meine Welpen auch nur die Augen öffnen.

Eine starke Windböe fegt durch die Fichten. Eis kracht wie ein Gewehrschuss. Ich schließe die Augen und denke an Bear.

Eins weiß ich genau. Diese Welpen gehören mir. Und ich werde sie großziehen und sie werden an Rennen teilnehmen

und ein wunderbares Leben haben. Sie werden der Beginn meines Rennteams sein.
»Komm schon, Ginger«, sage ich und befreie sie von der Leine.
Sie leckt mir über die Hand und zieht die Lefzen hoch, als würde sie lächeln.
Dann folgt sie mir ins Zelt.

KAPITEL 9

Die ganze Nacht liege ich wach in meinem Schlafsack und versuche, nicht daran zu denken, was mit den Welpen geschehen wird. Selbst Dad scheint heute ausnahmsweise zu schlafen. Ich höre ihn schnarchen, was lange nicht vorgekommen ist. Heulender Wind aus Süden setzt ein. Die Zeltwände schlagen bei jeder Böe hin und her und die Hunde winseln und scharren in ihren Schneelöchern. Einmal hebt Ginger den Kopf und legt ihn dann auf meinen Arm. Ihre Augen funkeln im Mondlicht. Nachdem ich sie einige Minuten gestreichelt habe, fühle ich mich ein wenig besser.

Als es langsam hell wird, mache ich Feuer und krieche aus dem Zelt. Ein Schwarm weißer Vögel landet im Sturzflug auf einer Weide. Es sind Schneeammern, die ersten Zugvögel, die ich in diesem Frühjahr sehe. Die Sonne bricht hinter den Bergen hervor und ich spüre die Wärme sofort. Die Ammern singen. Sie klingen wie durch Sumpf und Moos plätscherndes Wasser.

»Ginger, komm«, flüstere ich. Sie verlässt das Zelt und folgt mir über den Fluss, um nach den Fallen für die Hasen zu sehen. Ich weiß zwar noch nicht wie, aber ich werde die Welpen behalten. Was Ginger betrifft, so soll sie mir gleichzeitig Freundin

und Nutztier sein. Warum hat man ein Schlittengespann, wenn man seine Hunde nicht liebt?
Wir gehen den gleichen Weg wie gestern und Ginger bleibt mir dicht auf den Fersen. Ihr Fell leuchtet weiß in der Sonne.
In den letzten beiden Fallen finden wir Hasen.
»Keine Sorge, Ginger«, beruhige ich sie, als sie an ihnen schnuppern will. »Du bekommst sie später. Das frische Fleisch wird gut für deine Kleinen sein.« Ginger jault, als hätte sie mich verstanden.
Als wir in unser Lager zurückkommen, binde ich sie für eine Weile an und gebe Mum die Hasen.
»Prima«, sagt sie. »Frisches Fleisch zum Abendessen.« Mum und Dad trinken Kaffee, während das Fladenbrot bäckt. Rachel macht auf den Schlafsäcken Dehnübungen. Ich schenke heißes Wasser vom Ofen in einen Topf und bereite uns einen Kakao zu.
Der Wind pfeift immer lauter. »Ich habe das Gefühl, das ist ein Chinook«, sagt Mum und schaut nach draußen, »so warm, wie der von den Bergen kommt.« Schnee rutscht vom Zeltdach. »Ich glaube nicht, dass wir heute weiterziehen. Es taut.«
»Ich gehe ein Stück den Fluss rauf«, sagt Dad. »Für die Hunde ist es zu warm, aber ich kann schon mal den Weg auskundschaften. Heute Abend bin ich zurück.«
»Darf ich mitkommen?«, frage ich. Ich will nicht ohne ihn bei Mum bleiben. Ein Tag kann sehr lang sein, wenn man nicht weiterzieht.
»Nein«, antwortet Dad. »Ich habe Kopfschmerzen. Verstehst du das?«

Ich nicke. Mum wird mit mir reden wollen, ich aber nicht mit ihr.

Dad sieht mich an. »Ich muss etwas zu tun haben«, erklärt er mir wie einer Erwachsenen.

Und was ist mit mir? Mir geht es auch besser, wenn ich etwas zu tun habe.

»Klar, Dad«, sage ich. »Kein Problem.«

Nach dem Frühstück nimmt Dad seine Schneeschuhe und macht sich auf den Weg zum Fluss. Mum holt ihren Block hervor und versucht zu zeichnen. Ich nehme die Axt und fange an, Fichtenzweige zu schlagen, als ich Dads Tabaksdose unter einem Baum entdecke. Er muss sie dort vergessen haben.

Nachdem ich einen Haufen Zweige für Ginger beisammenhabe, beginne ich mit einem zweiten, den ich anschließend vor dem Zelt ausbreite. Als ich versuche, darauf einen Handstand zu machen, kippe ich dieses Mal nach hintenüber und lande auf dem Rücken. Das ist schon deutlich besser, als aufs Gesicht zu fallen, finde ich.

»Ich muss dir etwas zeigen«, sage ich zu Rachel. »Komm mal mit.«

»Was denn?«, will sie wissen und kriecht aus dem Zelt.

»Eine Übungsmatte für dich.«

»Hurra!«, ruft Rachel und springt sofort auf die Zweige. Dann zieht sie ihre Stiefel aus und beginnt, Purzelbäume und Rückwärtsrollen zu schlagen. »Danke«, ruft sie, ohne beim Turnen innezuhalten.

»Das war nett von dir«, sagt Mum vom Zelt aus. Ihre Stimme klingt eher tonlos als traurig, irgendwie alt und müde.

Ich gehe hinein und lasse mich neben ihr nieder. Inmitten von zerknülltem Papier sitzt sie auf den Schlafsäcken.
»Bei mir klappt im Moment gar nichts«, meint sie. Wie Rachel hat sie sich die Locken hinters Ohr gesteckt. Gerade macht sie eine Bleistiftskizze vom Flussufer mit dem Wasser auf dem Eis. »Du bist böse auf mich, Becky.«
Ein Windstoß lässt die Zeltwände wackeln und Mums Stift rutscht weg. Abermals knüllt sie einen Bogen Papier zusammen, wirft ihn in den Ofen und beginnt von Neuem.
Plötzlich bin ich so wütend, dass ich kaum sprechen kann. Ich atme ein paarmal tief durch, um mich, so gut es geht, zu beruhigen, doch dann ist es mir egal.
»Du bist an allem schuld«, platze ich heraus.
Mum schiebt ihre Brille hoch und schaut von ihrer Zeichnung auf. »Ich?«
»Ich habe es gehört, Mum. Ich habe mit angehört, was du am Telefon gesagt hast, bevor wir losgezogen sind. Du hast jemandem erzählt, dass es für Dad besser wäre, allein zu leben.«
»Warum hast du mich nicht darauf angesprochen?«
»Warum sollte ich? Du hast schließlich nicht mit mir geredet, als du behauptet hast, dass es für Rachel und mich besser wäre, ohne ihn zu leben.«
»Und warum bist du jetzt böse? Weil ich es gesagt habe oder weil ich womöglich recht habe?«
Ich merke, wie sich in meinem Hals ein Kloß bildet. Während der Wind ums Zelt pfeift und Rachel sich draußen lachend auf ihrer Fichtenzweigmatte vergnügt, habe ich das Gefühl zu ersticken und kann kaum sprechen.

»Ich bin kein Drückeberger«, schreie ich. »Wenn mir jemand vertraut, lasse ich ihn nicht im Stich. Du schon. Und jetzt verlangst du auch noch von mir, Ginger im Stich zu lassen.«

Mum streckt eine Hand aus und legt sie mir auf den Arm, doch ich schüttele sie ab. Ich sehe Tränen in ihren Augen, aber das ist mir egal.

»Es tut mir leid, Becky. Ich versuche wirklich, alles so gut wie möglich zu machen.«

Ich stürme aus dem Zelt. So gut wie möglich! Sie ist erwachsen. Sie kann Dinge verändern. Aber sie tut es nicht.

Ich gehe zu Ginger, knie mich in den Schneematsch und schlinge meine Arme um sie. Ginger jault auf und stupst mich mit der Schnauze an. Wenigstens meine Hunde mögen mich inzwischen. Mit Dad wird es besser laufen, sobald er mir hilft, die Welpen zu trainieren.

Nach langer Zeit blicke ich auf. In der Ferne sehe ich am Fluss einen Punkt, der immer größer wird.

»Rachel«, rufe ich. »Dad kommt zurück. Wollen wir ihm entgegengehen?«

»Okay«, sagt Rachel, schlüpft in ihre Stiefel und wendet sich in Richtung Zelt. »Mum, ich gehe mit Becky zum Fluss Dad abholen. Wir können ihn schon sehen.«

Mum murmelt etwas, das ich nicht verstehen kann, während Rachel fröhlich auf mich zuhüpft und nach meiner Hand greift. Ich vergesse nicht, Dads Tabaksdose mitzunehmen.

»Hi, ihr beiden«, begrüßt uns Dad, als wir bei ihm ankommen.

Rachel formt einen Schneeball und schleudert ihn direkt auf

Dads Bauch. Mit dem weichen Schnee kann man gut Schneebälle machen, was sonst hier im Norden fast nie möglich ist, weil der Schnee selten feucht genug ist. Dad lächelt, doch es spiegelt sich nicht in seinen Augen wider. Und er wirft keinen Ball zurück, wie er es früher getan hätte.

Die Sonne ist so warm, dass ich auch ohne Mantel schwitze. Der Schnee blendet und rutscht in großen Placken von der Uferböschung und den Bäumen. An meiner Nase fliegt eine Mücke vorbei.

»Es taut«, sagt Dad. »Der Winter ist vorüber. Die Hunde werden die Schlitten nicht mehr ziehen können.«

»Ich habe dir deinen Tabak mitgebracht«, sage ich zu ihm. »Du hast ihn vergessen.«

Dad hat seinen Hut abgenommen. Im hellen Sonnenlicht sieht er älter aus.

»Danke«, sagt er und geht weiter.

Als wir zum Zelt zurückkehren, sitzt Mum immer noch inmitten eines Bergs von zusammengeknülltem Papier.

»Hi, Becky.« Sie schaut mich direkt an und in ihren Augen spiegelt sich das Lächeln sehr wohl wider. Ich merke, dass ich ihr nicht mehr böse bin, auch wenn sich nichts gebessert hat.

»Du bist aber schnell wieder da«, sagt sie zu Dad.

Er lässt sich nieder und schenkt sich eine Tasse Kaffee ein, ohne Mum zu fragen, ob sie auch eine möchte.

»Der Fluss fließt«, sagt er. »Ungefähr eineinhalb Kilometer flussaufwärts ist in der Mitte sogar schon eine offene Rinne. Bislang gibt es noch eine Brücke, aber ich bin mir nicht sicher, wie lange das bei der Wärme noch so bleiben wird.«

»Können wir nicht außen herumgehen?«, frage ich. »Können wir nicht durch den Wald gehen?«
»An der Stelle nicht«, antwortet Dad. »Die Felsen reichen an beiden Seiten direkt bis zum Fluss und bei dem matschigen Schnee kriegen wir die Hunde nie um die Felsen herum. Wir müssten die Schlitten über die Felsen tragen.«
»Dann fahren wir heute Nacht weiter«, sagt Mum. »Wir warten, bis die Sonne untergeht und es friert, damit wir vorwärtskommen.«
Wenn die Sonne so kräftig scheint wie heute, gleicht das Zelt einem Ofen. Der Wind hat sich gelegt und mir ist heiß.
»Schaffst du es, bis heute Abend fertig zum Aufbruch zu sein?«, fragt Dad.
»Klar«, antwortet Mum. Sorgfältig verpackt sie ihren leeren Skizzenblock.

Ich helfe Dad, das Zelt abzubauen und zusammenzulegen. Dann packe ich meinen Schlitten. Rachel trägt die Schlafsäcke. Sie bewegt sich langsam, fast wie im Schlaf.
»Leg dich in den Schlitten«, sage ich.
»Okay«, antwortet sie und klettert mit Taffy unter dem Arm hinein.
Es dämmert. Um diese Jahreszeit dauert es Stunden, bevor es richtig dunkel wird.
Mum packt Rachel, die mit dem Daumen im Mund bereits schläft, im Schlittensack warm ein. Die Locken fallen ihr ins Gesicht. Sie hat heute viele Purzelbäume und Handstände gemacht.

»Soll ich dir mit deinen Hunden helfen?«, bietet Mum an.
»Glaubst du, dass es okay ist, wenn ich Ginger einspanne?«
»Ich schaue sie mir einmal an«, sagt Mum, kniet sich neben Ginger und tastet ihr vorsichtig den Bauch ab. Plötzlich grinst sie. »Komm mal, Becky.« Sie nimmt meine Hand und drückt sie in Gingers Fell.
Unter meinen Fingern spüre ich, wie sich etwas bewegt. Ein Junges! Ich lasse meine Hand dort liegen, bis der kleine Klumpen nicht mehr da ist und ich etwas anderes fühle – ein Bein, das nach mir tritt.
Der Welpe lebt schon mal! Er hat mich getreten!
Ginger dreht sich zu mir um und leckt mir über die Nase.
»Braves Mädchen«, lobe ich sie.
»Die Kleinen sind dir sehr wichtig, stimmt's?«, fragt Mum.
Ich antworte nicht, weil ich Angst habe, in Tränen auszubrechen.
»Wenn du so weit bist, kann ich dann mit dir über das, was du gehört hast, sprechen?«, will Mum wissen. »Sagst du mir, wenn du dazu bereit bist?«
Ich nicke. Der Welpe bewegt sich abermals unter meinen Fingern und ich muss plötzlich lachen. Allein das Gefühl, dass sich da etwas rührt, jagt mir einen freudigen Schauer über den Rücken.
»Ein Welpe ist genau das, was du jetzt brauchst«, sagt Mum, steht auf und schnallt sich ihre Schneeschuhe an. »Ich wünschte, ich hätte eine Lösung parat, wie du wenigstens einen mitnehmen kannst.«
Dad bleibt mit Egypt auf dem Weg zu seinem Schlitten neben uns stehen. Ich hatte ihn nicht kommen hören.

»Warum machst du ihr Hoffnung?«, fragt er Mum. »Du weißt, was zu tun ist.«

»Ich glaube, du kannst Ginger einspannen«, sagt Mum, ohne auf Dad zu achten, »aber pass auf, dass sie nicht allzu stark zieht. Wenn du die Leinen allerdings zu locker lässt, geht sie womöglich auf zu dünnes Eis.«

»Ich werde neben ihr bleiben«, versichere ich ihr, »und darauf achten, dass sie sich nicht allzu sehr anstrengt.«

»Es ist schon spät«, sagt Dad. »Der Schnee friert bereits und ist fest genug, dass die Hunde nicht einsinken. Die Nacht wird noch lang, also lasst uns aufbrechen.«

»Los geht's, Hunde«, rufe ich.

Die Hunde springen die Uferböschung hinab und bellen dabei vor Freude am Laufen, während ich versuche, den Schlitten gerade zu halten, indem ich mich von einer Seite auf die andere lege, bis wir auf dem Fluss sind.

Dad ist mit seinem Gespann vor uns, denn inzwischen folgt Egypt Mums Schneeschuhen ohne Probleme und Dad will vor mir bleiben, falls wir brüchiges Eis umfahren müssen.

Sobald wir auf dem Fluss sind, befestige ich eine Leine an Gingers Halsband und laufe neben ihr her. Ich muss rennen, damit sie mich nicht auch noch mitzieht.

Kurz lasse ich meinen Blick über meine beiden anderen Hunde wandern und trotz aller Sorgen um Ginger und ihre Welpen empfinde ich Stolz. Pepper zieht mit gebeugtem Rücken wie ein Güterzug. Nach wie vor braucht er Lederstückchen zum Kauen, aber er hat nicht einen einzigen Riemen seines Zug-

geschirrs angebissen. Auch Salt hat gelernt, nach vorn zu schauen, und nutzt jetzt seine nervöse Energie zum Laufen, statt zum Zappeln oder um sich querzustellen.
Das alles habe ich geschafft, ohne einen der Hunde auch nur ein einziges Mal geschlagen oder getreten zu haben! Und diese Hunde hatte der Züchter erschießen wollen! Nächsten Winter habe ich einen Wurf Welpen mit gutem Schlittenhundeblut, die ich von Geburt an trainieren kann, und Dad und ich werden ein Team bilden.

Das Licht von Dads Stirnlampe wandert über den Schnee und meine Hunde, die auf Heuballen schlafen, werden im Schein der Lampe sichtbar. Über einem Lagerfeuer hängt ein Blechtopf, in dem Hundefutter vor sich hin köchelt. Daneben steht mein Teekessel auf Kohlen.
»Schlaf ein wenig, Becky«, sagt Dad, während er sich über einen Hund beugt und dessen Vorderpfoten untersucht. »Dafür sind Helfer da – dass die Musher sich in den Pausen ausruhen können.«

Irgendwann werden die Hunde ein wenig langsamer, doch ich muss nach wie vor laufen, um mitzukommen. Noch immer sind wir auf dem Fluss unterwegs. Schmelzwasser sammelt sich in großen Lachen auf der gefrorenen Fläche. Bald gelangen wir an die Eisbrücke, von der Dad bereits erzählt hat. Klatschend schlägt der offene Fluss von beiden Seiten gegen einen schmalen Steg aus Eis.
Wir bringen die Gespanne zum Stehen. Dad hat recht. Es gibt keinen Weg außen herum. Es geht nur über die Brücke.

»Das ist zu gefährlich«, sagt Mum. »Das ist das Risiko nicht wert.«
»Ich prüfe die Lage noch mal«, sagt Dad. Er nimmt einen Fichtenstock, der auf seinem Schlitten festgezurrt war, und setzt einen Fuß auf die gefrorene Brücke. Stück für Stück klopft er das Eis vor sich ab, während er horcht, ob es hohl klingt. Vorsichtig macht er einen weiteren Schritt, prüft wieder mit dem Stock, und dann noch einen, bis er auf der anderen Seite angekommen ist. Die ganze Zeit höre ich das Wasser gegen das Eis klatschen und die Hunde jaulen, während sie Dad beobachten.
Anschließend kehrt er zu uns zurück. »Wenn wir da jetzt nicht rübergehen, kommen wir heute Nacht nicht mehr bis zum Blockhaus«, sagt er. »Dann schaffen wir es wahrscheinlich überhaupt nicht mehr.«
Eisschollen brechen von den Seiten der Brücke ab und verschwinden im Wasser.
Mum nickt. Sie wirkt angespannt, als sie ein langes Seil an Egypts Halsband befestigt. Danach setzt sie Rachel oben auf die Ladung, damit man sie schnell retten kann, wenn der Schlitten davongespült wird, und wirft Dad das andere Ende des Seils zu.
Womöglich macht Ginger auf halbem Wege kehrt und tritt bei dem Versuch, zu mir zurückzukommen, auf dünnes Eis, während ich die Brücke überquere.
»Becky!«, ruft Mum, als sie die andere Seite erreicht haben. »Fang!«
Mum wirft das aufgerollte Seil zu mir und ich strecke die Arme aus. Es landet neben meinem Schlitten und ich befestige es an

Gingers Halsband. Schwarzes, tiefes Wasser klatscht gegen das Eis.

Dad hilft Rachel wieder in den Schlafsack und hält das andere Ende des Seils fest.

»Solange du in der Spur bleibst, ist es sicher«, ruft er mir zu.

Ich folge meinem Schlitten und bewege mich so leichtfüßig wie möglich. Sobald ich auf das zu beiden Seiten bedrohlich wütende Wasser hinabschaue, wird mir schwindelig. Ein Mensch – oder ein ganzes Hundegespann – würde in null Komma nichts von der Strömung mitgerissen werden.

Auf halbem Weg bleibt Ginger stehen. Salt und Pepper warten geduldig hinter ihr.

Ich muss es richtig sagen. Ich muss entschlossen und nicht nervös klingen.

»Los geht's!«, rufe ich.

Ginger beginnt zu ziehen und der Schlitten gleitet vorwärts.

Ich bin auf der anderen Seite.

»Du hast es geschafft«, sagt Dad.

Ich werfe ihm das Seil zu und wir setzen unseren Weg auf dem Fluss fort. Alle Rinnen scheinen wieder zugefroren, auch wenn es nach wie vor überflutete Stellen gibt.

Ginger setzt die Pfoten sehr vorsichtig auf und ist darum bemüht, sie nicht nass zu machen, doch es ist zwecklos. Zumindest weigert sie sich nicht weiterzugehen. Pepper bellt und probiert das Wasser. Salt zuckt bei jedem Spritzer zusammen, als würde er angegriffen.

Dann wird es leichter, da wir auf trockenem Schnee weitergehen. Noch immer erheben sich auf beiden Seiten des Flusses

Berge, aber sie stehen nicht mehr so dicht am Ufer. Selbst wenn wir noch einmal auf offenes Wasser stoßen sollten, könnten wir es von jetzt an umgehen, indem wir uns am Ufer durch den Bewuchs schlagen.

Karibu- und Wolfsspuren sind auf dem Eis und an den Berghängen zu sehen. Schneeammern und Spornammern fliegen in Schwärmen über uns, um in der Tundra zu brüten. Eine blutrünstige Mücke landet wiederholt auf meiner Wange.

Die nächsten Kilometer sind leicht. Der Fluss ist von einem Ufer zum anderen gefroren und die Hunde laufen gleichmäßig. Unser Blockhaus liegt ungefähr dreißig Kilometer von unserer letzten Lagerstelle entfernt. Zwar kann ich mir nicht vorstellen, dass wir heute Nacht noch so weit kommen, aber ich denke daran, wie Mum und Dad gesagt haben, dass es mir nicht gelingen würde, einen Wurf Welpen mit zurück in die Stadt zu transportieren. Doch ich weiß, dass ich es schaffen muss. Alles ist besser, als darüber nachzudenken, wie müde ich bin.

Je mehr wir uns dem Haus nähern, desto enger wird das Tal wieder. Tiere, die den Spuren eines anderen Tieres am Fluss entlang folgen, gelangen unweigerlich in den schmalen Waldstreifen zwischen den Felsen, der ein Paradies für sie ist. Von unserem Haus aus sehen wir mehr Wild als irgendwo sonst. Am häufigsten sind jedoch Wölfe und Karibus. Einige der durchs Dickicht und über Felsen führenden Wege in den Bergen nehmen die Karibus seit Hunderten von Jahren. Dad hat einmal gesagt, dass es entlang dieser Routen durchaus erlaubt sei, den Tieren Fallen zu stellen, da sie hier im nächsten Jahr trotz allem wieder in langen Reihen über die Berghänge ziehen werden.

Der Abstand zu Dads Schlitten wird immer größer. Einige Male bleibt er stehen und wartet auf mich. Mum kniet dann auf ihren Schneeschuhen noch weiter vorn und wartet wiederum auf ihn. Wenn Ginger nicht kurz vor der Geburt ihrer Welpen stünde, würde ich auf die Kufen springen und mich von den Hunden ziehen lassen. Ich versuche, mich dazu zu zwingen, wieder über Karibus und Wölfe nachzudenken, doch es funktioniert nicht. Die Augen fallen mir ständig zu.

»Was ist los?«, ruft Dad.

»Ich bin müde«, antworte ich. Ginger schiebt ihre Schnauze in meine Hand und ich kraule sie hinter den Ohren. Pepper jault, weil es ihm zu langsam geht. »Ich kann nicht schneller.«

Auch Dad sieht müde aus. In den letzten Tagen habe ich seinen Gesichtsausdruck komischerweise nicht mehr dauernd überprüft. Erst im Nachhinein ist mir aufgefallen, dass ich es zuvor laufend getan hatte.

»Sollen wir eine Pause machen?«, fragt er.

»Okay.« Ich halte meine Hand vor Gingers Gesicht. »Bleib stehen!«, befehle ich ihr und mache eine Bewegung, als würde ich etwas in der Luft zerteilen. »Sitz!« Ich drücke ihren Rücken hinunter. Ich habe sie so trainiert, dass sie sowohl auf Hand- als auch auf Rufbefehle reagiert, sodass ich nicht sprechen muss, falls es darauf ankommt, leise zu sein, zum Beispiel beim Jagen.

Ich gehe zu Dad. Pepper zerrt an den Leinen und jault, weil er weiterwill, doch als ich ihm in scharfem Ton befehle, sich niederzusetzen, gehorcht er. Enttäuscht heult er auf, legt sich dann aber hin. Ich lasse mich auf Dads Schlitten nieder und blicke mich um.

Mum kommt ebenfalls zurück zu uns und packt heißen Saft und Raketentreibstoff aus. Es wird immer dunkler. Von den Bäumen am Ufer sind nur noch die Umrisse zu erkennen und man hört die Schreie der Eulen aus dem finsteren Wald. Ansonsten herrscht Stille, die Temperatur liegt kaum unter dem Gefrierpunkt.
Sitzen ist noch schlimmer als Stehen. Ich will mich einfach nur hinlegen. Normalerweise würde ich seit Stunden schlafen. Rachel atmet geräuschvoll in ihrem Schlafsack, der auf der Ladung festgezurrt ist. Lediglich ihr Kopf ist zu sehen.
»Du bist zu müde, um weiterzugehen, Becky«, sagt Mum sanft. Ihre Stimme scheint von weit her zu kommen. Um zu verstehen, was sie sagt, muss ich mich sehr konzentrieren. Ich stehe auf und atme einige Male tief durch.
»Ich würde gern ein wenig schlafen«, bekenne ich. Seit unserem Streit im Zelt ist sie mir gegenüber viel aufmerksamer geworden. Vorher hätte sie nie bemerkt, wie es mir ging, weil sie zu sehr damit beschäftigt war, sich um Dad Sorgen zu machen.
»Du kannst dich vor Rachel legen«, sagt Mum. »Da ist genug Platz. Ginger wird dem Leitgespann von selbst folgen.«
»Ginger«, schießt es mir durch den Kopf, während ich auf den Schlittensack sinke. Für einige Minuten hatte ich sie fast vergessen.
Dad hat den Blick auf die Berge gerichtet. Mit dem Fernglas betrachtet er die Hänge.
»Willst du mal sehen?«, fragt er und drückt mir das Fernglas in die Hand. Ich halte es auf eine Reihe weißer Tiere, die in einer

Senke den Schnee wegscharren. Wilde, weiße Bergschafe, die auf den Kämmen leben, springen über die rauen Felsen. Mit ihren gelblichen Hörnern und den erstaunlichen Hufen, die sich auf dem Stein förmlich festsaugen können, wirken sie äußerst elegant.

»Keine großen Böcke dabei«, bemerke ich.

»Die sind zu dieser Jahreszeit nicht bei den Weibchen«, erklärt mir Dad. »Sobald sie etwa drei besprungen haben, bleiben sie für den Rest des Jahres meist unter sich.«

Vor meinen Augen springt ein Schaf an eine nahezu senkrecht abfallende glatte Felswand und klammert sich dort einen Moment fest, bevor es weiterspringt.

»Sie erinnert mich an Rachel.« Ich bin zu müde, um zu merken, dass ich laut spreche, bis Mum mich um das Fernglas bittet. Ich reiche es ihr und sie stellt es auf ihre Sehstärke ein.

Dad scheint guter Laune zu sein. Vielleicht ist dies meine einzige Chance.

»Dad?«, setze ich an. »Ich weiß jetzt, wie ich die Welpen in die Stadt zurückbekomme.«

Er antwortet nicht. Mum lässt das Fernglas sinken und schenkt sich mehr von dem heißen Saft ein.

»Ich werde sie in Packtaschen setzen«, fahre ich fort. »Ich werde spezielle Taschen für sie nähen, die nicht sehr tief sind, sodass die Kleinen ihren Kopf herausstrecken können.«

»Wie willst du es anstellen, dass sie darin sitzen bleiben?«, fragt Mum.

»Oben kommt eine Lasche hin.«

»Das Problem ist«, schaltet sich Dad ein, »dass du es wahrscheinlich nicht schaffst. Du bist bereits heute Nacht erschöpft, stimmt's?« Wenn man auf dem Schlittensack liegt und in die Sterne schaut, die langsam am Himmel erscheinen, lässt sich das schwer leugnen. »Mit Packtaschen voller Welpen wird es noch viel härter sein. Was ist, wenn uns auf halber Strecke das Essen ausgeht, weil wir so lange brauchen?«

Mum legt eine Hand auf meine Schulter, während sie mit der anderen die Thermoskanne wieder in der Tasche am Handbogen verstaut.

»Ich hole dir jetzt einen Schlafsack raus«, sagt sie. »Mach dein Gespann am großen Schlitten fest und steig dann wieder obendrauf. Du musst schlafen.«

Schwerfällig klettere ich hinunter und gehe zu Ginger zurück, die nach wie vor geduldig auf dem Eis liegt und auf mich wartet. Als ich mich zu ihr hinabbeuge, um sie zu kraulen, wedelt sie mit dem weißen Schwanz. Die beiden anderen Hunde nehme ich fest in den Arm.

»Nein danke, Mum«, rufe ich über die Schulter. »Ich gehe zu Fuß.«

KAPITEL 10

Was danach kommt, erlebe ich wie einen Traum. Die Nacht ist sehr dunkel und die Sterne scheinen nicht nur auf den Fluss, sondern strahlen auch in die Tiefe des Himmels. Aufzublicken ist, wie in einen Wald zu schauen. Einige Sterne sind weiter entfernt als andere und immer wieder schießt ein Stern durch die Dunkelheit und verschwindet. Irgendwo jenseits des Flusses höre ich das gleichmäßige Tropfen des tauenden Schnees von Felsvorsprüngen und Uferböschungen.

Als es später kälter wird, hört das Tropfen auf und ich höre nur noch das Atmen der Hunde, das Knarren des Schlittens und das Reiben der Halsbänder und Leinen. Inzwischen muss ich mich nicht mehr davon ablenken, an Schlaf zu denken. Ich habe das Gefühl, mich seit einer Ewigkeit durch diese dunkle, gefrorene Landschaft zu bewegen.

Dad ruft irgendwann: »Die Hälfte haben wir geschafft! Fünfzehn Kilometer.«

Niemand antwortet. Wir gehen einfach weiter, während die Hunde ziehen.

Irgendwann in der Nacht weiche ich von Gingers Seite, trete hinter den Schlitten und halte den Handbogen fest, damit wir in den Kurven nicht aus der Spur kommen. Fünfzehn Kilome-

ter. Nie zuvor in meinem Leben bin ich so lange unterwegs gewesen! Ginger wird mich sicher ein Stück ziehen. Ich könnte aufspringen und es ausprobieren.
Doch dann erinnere ich mich daran, wie es sich anfühlte, als sich der Welpe unter meinen Fingern hin- und hergewunden hat …
Meine Beine tun weh, schließlich lässt der Schmerz nach. Später quälen sie mich wieder. Meine Waden sind so hart, als wäre ich einen Berg hinaufgerannt.
Sofern ich nur in Bewegung bleibe, wird die Nacht irgendwann vorbei sein.
Dann höre ich Schritte. Ich werde hochgehoben und getragen, wie Rachel.
»Nicht«, beschwere ich mich und Dad setzt mich ab. Die Sterne haben keine Tiefe mehr. Der Himmel wird heller.
»Du hast es uns bewiesen«, sagt Dad. »Mach dir keine Sorgen um Ginger. Hunde sind robuster, als du denkst. Sie läuft einfach nur, ziehen muss sie gar nicht viel. Ich habe ein Auge auf sie.«
»Das brauchst du nicht. Ich kann gehen.«
Mit finsterer Miene blickt er auf mich hinab.
»Du hältst uns auf«, sagt er. »Wir sind schneller, wenn du nicht gehst.« Unsanft hebt er mich hoch und setzt mich auf die Ladung des großen Schlittens. Ich merke, wie ein warmer Schlafsack um mich herumgelegt und ein Karibufell unter meinen Körper geschoben wird. Dann spüre ich für einen Moment seine Hand auf meinem Kopf. Ich fühle mich beinahe sicher und geborgen.

Mum ruft: »Los geht's!« Und der Schlitten fährt knarrend mit mir im Gepäck an.
Mir fallen die Augen zu. Ich blinzele, um sie offen zu halten, und merke dann, dass ich geschlafen habe. Die Sonne ist inzwischen über die Höhenzüge gekommen, die sich gegenüber von unserem Blockhaus auf der anderen Seite des Flusses erheben.
Ich weiß genau, wo wir sind. In wenigen Stunden werden wir da sein. Von unserer Lichtung bis hierher sind wir schon oft gelaufen, um am Nachmittag fischen zu gehen. Das hier ist sozusagen unser Garten. Das Sonnenlicht ergießt sich über das Eis, bis es blau leuchtet, so hell wie Feuer. Ich schließe die Augen.

Etwas Nasses spritzt mir ins Gesicht. Es ist so kalt, dass es wehtut.
Wasser!
Ich winde mich aus meinem Schlafsack wie aus einem Kokon. Sind wir etwa mitten im offenen Fluss?
Dad steht am Ufer vor unserem Blockhaus. Er zieht an einem Seil, das an Egypts Zuggeschirr befestigt ist. Mein Schlitten ist bereits an Land und meine Hunde haben sich, noch eingeschirrt, zusammengerollt. Mum und Dad haben sie für mich bis hierher geführt.
Hinter mir fängt Rachel an zu heulen.
»Ist ja gut«, beruhige ich sie. »Wir sind angekommen. Siehst du? Der Fluss ist hier nur ein Stück offen. Gleich sind wir drüben.«

»Ich habe Angst«, wimmert Rachel, die so etwas sonst nie sagt.
»Keine Bange«, erkläre ich ihr, während mir mehr Wasser ins Gesicht spritzt. »Der Schlitten funktioniert auch als Boot. Außerdem ist das Wasser hier flach.«
Das ist mehr oder weniger richtig, der Schlittensack ist aus einem modernen Material gefertigt, das so wasserdicht ist, dass zumindest die Ladung schwimmt. Für eine Weile wenigstens.
Rachel legt ihren Kopf an meine Brust und ich höre das »Plopp«, als sie den Daumen in den Mund steckt.
Dad lehnt sich in der Hocke zurück und zieht mit ganzer Kraft an Egypts Seil. Sie will nicht hinüberschwimmen. Vielleicht ist die Strömung zu stark, denn sie treibt flussabwärts und wir auf dem Schlitten hinterher.
»Los geht's«, ruft Mum. Sie steht hinter dem Schlitten und schiebt. »Ihr schafft es!«
Egypt schwimmt jetzt, allerdings mit der Strömung, und Dad wird an dem Seil in unsere Richtung mitgezogen.
»Bleib, wo du bist«, sage ich zu Rachel. »Und halte Taffy gut fest. Du bist für sie verantwortlich.« Ich springe vom Schlitten in den Fluss und greife neben Mum nach dem Handbogen. Dad hat seine Kappe verloren und steht jetzt direkt am Wasser.
Mum und ich kämpfen uns zu der flussabwärts gewandten Seite des Schlittens und lehnen uns mit ganzer Kraft dagegen. Wasser klatscht gegen unsere Beine. Es ist so kalt, dass es wie Feuer brennt. Die Strömung zieht an meinen Schenkeln und

ich bleibe nur stehen, weil ich gegen den Schlitten drücke. Ich weiß, dass ich sofort vom Wasser mitgerissen werde, wenn ich loslasse.
Plötzlich aber wendet sich Egypt zu Dad und der Rest des Gespanns folgt ihr. Nur kurz blicke ich auf, gerade lang genug, um zu sehen, dass sich ihr Kopf gegen den Strom des Flusses vorwärtsbewegt. Dann verliert Dad das Gleichgewicht und fällt nach hinten. Das Seil hält er noch immer in den Händen, aber es hängt nun schlaff herunter. Egypt jault, doch sie schwimmt nicht mehr, sondern läuft bereits wieder. Als sie das Ufer erreicht hat, schüttelt sie sich.
Meine Beine brennen nicht mehr. Sie sind taub. Das Wasser klatscht gegen meine Knie, dann nur noch gegen die Waden. Rückwärtsgehend zieht Dad weiter an dem Seil und die anderen Hunde klettern nacheinander aus dem Fluss und schütteln sich ebenfalls. Ich springe hinten auf den Schlitten und lenke ihn durch das flache Wasser bis ans Ufer. Mum läuft spritzend hinter mir her. Irgendwo singt eine Wasseramsel.
Dann habe ich wieder Boden unter den Füßen. Wir sind angekommen!
Die Taubheit in meinen Beinen hält nicht lange an. Bald beginnt es in ihnen wie mit Nadeln zu stechen und schmerzt höllisch. Ich hüpfe auf und ab. Rachel schubst Taffy vom Schlitten und schwingt sich hinter ihr her. Langsam werden meine Füße warm. Ich höre auf zu hüpfen, während sich Rachel Schneehose, Jacke, Handschuhe und Mütze auszieht.
»Was hast du vor?«, frage ich.
»In die Pfützen springen«, antwortet Rachel. »Und ich will im

Matsch Spagat üben.« Dann reißt sie sich auch noch Hemd und Hose vom Leib und wirft sie hinter sich.
Während Rachel, blass, wie sie ist, lachend und nur in Unterwäsche und Stiefeln um das Blockhaus läuft, wird es auf der Lichtung sonnig.
»Komm schon«, sagt sie. »Hier kannst du Handstand üben. Du fällst auf jeden Fall weich.«
Mum und Dad kümmern sich um die Hunde und sind damit beschäftigt, die Fensterläden am Haus zu öffnen.
»Auf die Plätze, fertig, los!«, ruft Rachel und rennt in eine riesige Pfütze.
Warum nicht? Nass bin ich bereits. So schnell ich kann, laufe ich durch den Schneematsch und juchze gemeinsam mit Rachel.
»Warte«, sage ich dann. »Ich muss nach meinen Hunden sehen.«
Doch Ginger, Salt und Pepper liegen noch immer zusammengerollt in ihrem Zuggeschirr. Selbst als ich die Leinen in die Hand nehme und schüttle, rühren sie sich nicht.
Ich hole Jerky und halte es Pepper unter die Nase. Innerhalb eines Sekundenbruchteils ist er aus dem Tiefschlaf auf den Beinen, schnappt nach dem Fleisch und hechtet nach vorn, als wollte er den Schlitten aus dem Dreck ziehen. Ich befreie ihn von der Zugleine und ziehe ihm dann das Geschirr über Beine, Bauch und Hals.
»Ganz ruhig, mein Junge«, sage ich zu ihm und fahre ihm über den Kopf. Dann binde ich ihn auf der Lichtung an einen Baum. »Um eine Behausung für dich kümmern wir uns später.« Doch

Pepper ist es egal. Bevor ich noch zu Ende gesprochen habe, hat er sich bereits wieder im Schnee zusammengerollt und ist mit dem Kopf unter dem Schwanz eingeschlafen.

Als Nächster ist Salt an der Reihe. Ich versuche denselben Trick mit dem Fleisch, doch er springt natürlich nicht auf. Jaulend kaut er hektisch darauf herum, als würde sonst er davon aufgefressen.

Ich versuche, Salt den Weg hinaufzuzerren, aber er weigert sich, die Lichtung zu betreten. Schließlich gebe ich es auf und binde ihn da an, wo wir gerade stehen. Mit seinem ganzen Gewicht lehnt er sich gegen mich und reibt seinen Kopf an meiner Seite.

»Na, ein wenig steif, alter Junge?«, scherze ich und er leckt mir die Hand. Vielleicht riecht sie nach Fleisch, aber es ist ein Anfang.

Als ich zurückkehre, hat Ginger beide Augen weit geöffnet und hält nach mir Ausschau. Ich knie mich neben sie in den Schnee und gebe ihr einen Streifen Jerky. Anschließend wiege ich ihren Kopf in meinem Schoß.

»Es tut mir leid«, sage ich zu ihr. »Ich wünschte, du wärst letzte Nacht auf dem Schlitten gefahren und nicht ich.«

Sie antwortet mit einem leisen Knurren und zieht die Enden ihres Mauls zu einem Lächeln hoch. Dad hat mir erzählt, dass Wölfe manchmal so reagieren, wenn sie sich ihrem Leittier unterwerfen.

»Willst du sie mit hineinnehmen?«

Ich blicke auf. Mum steht neben mir.

»Komm mit, Mädchen«, lockt sie Ginger sanft, die sofort die

Ohren spitzt, sich langsam erhebt und dabei die letzten Tropfen Flusswasser aus ihrem weißen Fell schüttelt.

»Sie soll es bequem haben«, sagt Mum. »Ich richte ihr drinnen ein Lager her, wenn alles ausgepackt ist.«

»Ich kümmere mich um das Lager«, sage ich und führe Ginger ins Haus.

Drinnen sieht es noch genauso aus, wie ich es in Erinnerung habe. Für einen Moment vergesse ich alles, was seitdem schiefgelaufen ist, dass Dad krank geworden ist und Mum die Familie aufgeben will. Ich vergesse, dass Mum und Dad Gingers Welpen nicht mit zurück in die Stadt nehmen wollen und dass ich immer noch keinen Weg gefunden habe, wie ich es trotzdem schaffen kann.

Ich stehe in der Tür und die Erinnerung an die vielen glücklichen Stunden, die ich hier verbracht habe, überwältigt mich.

Ein letztes Mal lasse ich meinen Blick durch das Haus schweifen, bevor wir wieder in die Stadt zurückmüssen. Das meiste, was wir besitzen, ist sicher in unserem Versteck verstaut – einem kleinen Baumhaus. Um den Stamm haben wir ein Blech genagelt, damit keine Tiere hinaufklettern können – und das Haus wirkt jetzt ganz anders. Ich spüre, wie Dad seinen Arm um mich legt. Mum pfeift irgendwo draußen.

»Ich spanne die Hunde ein«, sagt Dad. »Hast du Lust, mir zu helfen?«

»Ich will nicht weg«, gestehe ich ihm.

»Wir kommen ja wieder, Becky«, antwortet er. »Wir kommen immer wieder.«

Das Blockhaus ist schlicht. Die Wände bestehen aus übereinanderliegenden Rundhölzern und die Ritzen sind mit Moos abgedichtet, das Rachel und ich aus dem Wald geholt haben. Wenn man eintritt, steht man in einem langen Raum, der gleichzeitig als Küche und eine Art Wohnzimmer dient. Hinten links ist Mums und Dads Schlafzimmer. Hinten rechts schlafen Rachel und ich. Ein Bücherregal teilt den kleinen Raum in zwei Bereiche.

Ich führe Ginger hinter die Tür.

»Glaubst du nicht, dass sie einen Platz am Ofen haben sollte?«, fragt Mum. »Das Haus ist noch kalt, weil die Fensterläden geschlossen waren.«

»Okay.« Die Sonne scheint auf die abgenutzten Dielen. Es ist die erste Wärme, die in diese Räume dringt, seit wir zum letzten Mal hier waren. Es wird einige Tage dauern, bis die Holzstämme der Wände so weit aufgewärmt sind, dass sie die Raumtemperatur halten.

Rachel ist draußen und springt juchzend in eine Pfütze.

»Schaut mal, schaut her«, ruft sie. »Ich kann Spagat. Ich kann's!«

Dann ist ein lautes Platschen zu hören.

»Mum!«, ruft Rachel. »Ich bin klitschenass.«

Ich lege meinen Arm um Gingers Hals und lache.

Mum schaut aus dem Fenster und lacht ebenfalls.

»Das wäre ein nettes Motiv«, sagt sie und greift sich hinters Ohr, wo sonst immer ihr Bleistift steckte. »Rachel in Unterwäsche und Stiefeln mitten in einer Pfütze, der Schnee und die Berge im Hintergrund.«

»Es gibt viel zu tun«, erinnert mich Dad. »Der Schlitten muss entladen werden und wir brauchen Holz. Rachel soll dir helfen.«

Er hätte sehen sollen, wie Mum nach ihrem Stift gegriffen hat. Ich wette, er hat nicht einmal bemerkt, dass sie mit ihren Skizzen nicht vorankommt. Oder dass Rachel mitten im Schneematsch in einer Pfütze sitzt und in ihrem Aufzug ganz gewiss nicht helfen kann.

Ächzend lässt sich Ginger neben dem bereits warmen Ofen nieder und schiebt ihre Schnauze in meine Hand.

»Rachel kann das Holz heute mal allein reinholen«, sagt Mum, »sobald sie etwas Trockenes zum Anziehen gefunden hat.« Sie sieht Dad an und seufzt.

»Und du kannst den Schlitten selbst auspacken«, sagt sie zu ihm. »Becky und ich müssen Fichtenzweige sammeln. Ginger braucht ein anständiges Lager.«

KAPITEL 11

Mum und ich stapfen durch den Harsch und sammeln im Wald Fichtenzweige für Ginger. Der Schnee reflektiert das helle Licht und ich muss blinzeln, weil es so blendet. Die Sonne steht direkt über den Bergen. Um die Fichten und am Ufer taut es so schnell, dass man zuschauen kann. Auf der Böschung sieht man bereits einen Teppich aus alten Blättern und Moos. Die Erde wirkt sehr dunkel neben dem Weiß der Umgebung.

Das Krachen des Eises klingt wie Pistolenschüsse. Zwischendurch ist es ruhig, dann kracht und knackt es wieder von einem Ufer zum anderen. Der Fluss fließt. Das unter dem Eis strömende Wasser ist durch die Risse gedrungen und breitet sich an der Oberfläche aus.

»Gut, dass wir hier sind«, sagt Mum. »Jetzt würde ich nicht mehr da draußen durchwaten wollen.«

»Ich auch nicht. Und die Hunde schon gar nicht. Nur, wenn Bear sie geführt hätte.« Ich warte einen Moment in der Hoffnung, dass sie antwortet. Niemand in der Familie hat über Bears Tod gesprochen. Dads Gespann hat sein Herzstück verloren und offensichtlich sollen wir alle so tun, als wäre nichts geschehen.

Mum sieht mit abwesendem Blick über das Eis. So schaut sie immer, wenn sie im nächsten Moment eine Idee für eine

Schnitzarbeit hat. Solange ich denken kann, kenne ich diesen Gesichtsausdruck an ihr. Wir gehen gemeinsam irgendwo lang und reden oder machen irgendetwas anderes zusammen und plötzlich sehe ich, dass sie regungslos auf einen Punkt starrt. Sobald wir zum Blockhaus zurückkehren, nimmt sie ihre Zeichenutensilien heraus und skizziert, was sie gesehen hat. Am Abend beobachte ich sie dann immer durch die offene Zimmertür von meinem Bett aus, wie sie vornübergebeugt auf dem Hocker sitzt und im Lichtkegel der Lampe ein Stück Holz mit dem Messer bearbeitet. Wenn sie fertig ist, sieht sie so glücklich aus, dass ich ihr in jenen Momenten gern sehr nahe bin. Das Glück quillt förmlich aus ihr heraus.

Das Gefühl, das Mum mir vermittelt, wenn sie schnitzt, habe ich in diesem Jahr sehr vermisst. Ich habe Mum überhaupt vermisst.

Normalerweise freue ich mich, wenn sie eine Idee für ein neues Motiv hat. Jetzt nicht.

»Mum? Wir müssen über die Welpen reden.«

»Jetzt?«

»Dad hat gestern Abend gesagt, dass ich mich bewiesen habe. Kann ich also Gingers Welpen in Packtaschen mit in die Stadt nehmen? Dass wir nicht mit den Schlitten fahren können, ist ja wohl klar.«

»Du hast bewiesen, dass du bereit bist, alles zu versuchen.« Der Ich-habe-eine-Idee-zum-Schnitzen-Blick ist aus ihrem Gesicht so schnell verschwunden wie ein geplatzter Ballon. »Dennoch habe ich immer noch nicht den Eindruck, dass du dem wirklich gewachsen bist. Du machst weiter, bis du zusammenbrichst wie gestern Abend, aber du wirst es nicht schaffen, sie bis in die Stadt zu bringen.« Sie wirkt wieder so ernüchtert wie zuvor.

»Lasst es mich doch wenigstens versuchen. Mehr verlange ich ja gar nicht.«

»Becky. Ich wünsche dir einen Welpen, wahrscheinlich genauso sehr wie du dir selbst. Aber ich verspreche nichts, was ich nicht halten kann.«

»Selbst wenn Dad Nein sagt, musst du es mich versuchen lassen.« Mum und Dad haben sonst immer an einem Strang gezogen.

»Wenn ich es für richtig halte«, antwortet Mum nach einer langen Pause, »dann werde ich Ja sagen. Keine Sorge, von Dads Launen werden wir uns nicht abhängig machen.«

»Was ist wirklich mit ihm los?«, will ich wissen. »Selbst zu dir ist er oft unfreundlich.«

»Ich weiß nicht, was passiert ist.« Mum streckt ihre Hand nach mir aus. »Aber wir alle haben unsere eigenen Träume. Sie werden uns bleiben, egal ob es Dad bald wieder besser geht oder nicht.«

Ich denke über ihre Worte nach. Vielleicht hat sie recht, doch ich will nach wie vor nicht ohne Dad sein.

»Mum, müssen wir ohne Dad leben?«, frage ich.

»Das kann ich dir noch nicht beantworten.« Sie umarmt mich und drückt mich fest an ihren rot karierten Mantel.

Ein junger Steinadler schwingt sich auf der anderen Seite des Flusses in die Luft. Er wird über die Berggipfel getragen und zieht dort mit geneigten Schwingen seine Kreise. Die Sonne wärmt mein Gesicht und der Geruch des Waldes weht über die Lichtung.

Die Kreise des Adlers werden immer kleiner, bis er mit einem Fallwind herabsaust und dann noch höher aufsteigt. Vor dem blauen Frühlingshimmel ist er wunderschön anzusehen. Im Hintergrund hört man, wie sich die Eisschollen gegeneinander verschieben. Immer wieder rauscht tauender Schnee von einem Baum, der danach gleich ein wenig aufrechter und größer wirkt.

Mein ganzes Leben werde ich mich an dieses Frühjahr erinnern, als wir mit der Schneeschmelze zu unserem Blockhaus zurückgekehrt sind und das Eis auf dem Fluss fast unter unseren Füßen weggebrochen wäre.

»Je älter ich werde«, sagt Mum, »desto weniger Dinge sind für mich sicher. Je genauer ich mir etwas anschaue, was ich schnitzen will, desto weniger weiß ich darüber. Mit Dad und seiner Krankheit geht es mir auch so.«

Eine kleine, braune Wasseramsel hüpft zu der offenen Rinne im Fluss und singt dabei ihr Frühlingslied. Immer wieder verstummt sie kurz und verlässt den Platz, auf dem sie sitzt, um in der Strömung nach einem Leckerbissen zu fischen.

Mum beobachtet den Vogel so lange, dass ich überrascht bin, als sie noch weiterspricht. »Manchmal frage ich mich, ob in Dads Leben Dinge vorgefallen sind, von denen ich nichts weiß. Vielleicht ist er auch deshalb depressiv, und nicht nur, weil seine Arbeit nicht mehr gefragt ist. Aber eins weiß ich. Egal, warum diese Finsternis sich in ihm ausbreiten konnte, wir müssen dafür sorgen, dass wir uns nicht auch noch anstecken lassen.«

Kann Finsternis wirklich von einer Person auf eine andere überspringen?
Die Wasseramsel singt die Tonleiter hoch und runter. Ein weiterer unscheinbarer Vogel landet mit gespreizten Krallen neben ihr. Seite an Seite hocken sie mit wackelnden Köpfchen zwitschernd am Fluss.
Mum bricht einige Zweige von einer Fichte und reicht sie mir.
»Wir wollten doch Fichtenzweige für Ginger holen. Erinnerst du dich?«
Plötzlich hören wir Dads Stimme vom Blockhaus her über die Lichtung schallen: »Becky! Komm schnell!«
Was auch immer er will, es klingt dringlich. Ich nehme Mum noch ein paar Zweige aus der Hand und laufe dann zurück.

Als sich meine Augen an die Dunkelheit im Inneren des Hauses gewöhnt haben, sehe ich Dad neben dem Ofen in der Küche stehen. In seinem grauen Hemd und den weiten Wollhosen sieht er dünn, verhärmt und alt aus. Neben ihm scharrt Ginger auf den Dielen.
Ich lasse die Fichtenzweige vor meine Hündin fallen und schiebe sie darauf.
»Sitz, Ginger«, befehle ich. Winselnd sieht sie mich an. Ich schlinge meine Arme um ihren Hals. »Schon gut, altes Mädchen. Alles wird gut.«
»Becky«, sagt Dad.
»Ja.«
»Ich glaube, sie braucht Wasser.«
Quietschend fällt die Tür hinter Mum ins Schloss. Sie legt

noch mehr Fichtenzweige neben Ginger, die, nach wie vor winselnd, auf die Seite sinkt.
»Kriegt Ginger jetzt ihre Jungen?«, fragt Rachel.
»Ja«, antwortet Mum und legt ihre Hand auf meine Schulter.
Ginger jault auf und dann fällt etwas zwischen ihren Beinen zu Boden. Ein nasses Bündel bewegt sich innerhalb von etwas, das wie ein blutiger Plastikbeutel aussieht. Ginger wendet den Kopf nach hinten, als wolle sie sich selbst beißen. Jaulend schnuppert sie an dem Beutel und tastet ihn ab. Dann leckt und zieht sie mit ganzer Kraft daran. Bald höre ich ein Quieken.
»Ginger«, stoße ich hervor, als sie auch schon mit dem Schwanz wedelt und den Kopf hebt. Statt eines nassen, in einen Beutel gequetschten Bündels sehe ich jetzt einen Welpen, der sich auf dem Fußboden windet.
Ich hebe das warme, nasse Wesen auf und lege es behutsam auf das Fichtenzweiglager.
»Hier, Ginger«, locke ich sie, worauf sie den Welpen mit der Schnauze dicht an sich herandrückt. Er hat die gleiche Farbe wie sie, vollkommen weiß, ist aber unendlich mager. Man hört noch ein Quieken, mehr nicht.
Eine schier endlose Minute lang starren wir alle auf ihn. Soll das sein ganzes Leben gewesen sein, diese paar Quieker auf dem Küchenboden? Mum hebt den Welpen auf und hält ihn in der Hand. Er bewegt sich nicht. Vorsichtig drückt Mum die Finger auf seinen Bauch.
»Tut mir leid, Becky«, sagt sie. »Der hier ist tot.«
Rachel beginnt zu schluchzen. »Das ist nicht fair«, ruft sie und läuft in unser Zimmer.

Mum wendet den Blick von mir ab und sieht meiner Schwester nach. »Ich muss mit ihr reden«, sagt sie. »Ich bin gleich wieder da.«
Nickend setze ich mich neben Ginger und lege ihren Kopf in meinen Schoß. Ich brauche jemanden, der mich tröstet.
»Ich bringe den Welpen weg«, sagt Dad, der direkt hinter mir steht.
»Nein, lass ihn. Ich werde ihn später ordentlich begraben.«
In seinen Augen sehe ich Tränen.
»Was hast du?«, frage ich. »Du willst doch ohnehin keine Welpen. Um die Frage, wie wir den mit in die Stadt kriegen, musst du dir jedenfalls keine Gedanken mehr machen.«
Dad antwortet nicht. Er nimmt den kleinen toten Hund und verschwindet damit nach draußen.
»Leg ihn bitte auf meinen Schlittensack«, rufe ich ihm nach. »Ich kümmere mich um ihn.«
Ich werde ihn begraben und die Stelle markieren, sodass ich sie immer wiederfinde. Eines Tages, wenn Ginger alt ist, soll sie neben dem Welpen ruhen. Ich will mich an ihn erinnern. Ich will nicht, dass man so tut, als hätte es ihn nie gegeben.
Nach langer Zeit spüre ich Mums Hand auf meiner Schulter. Plötzlich wird mir bewusst, dass sie meinen Namen gerufen hat.
»Becky«, sagt sie. »Es tut mir leid, aber Dad und ich müssen Holz holen gehen.«
Ich blicke auf. »Sofort? Könnt ihr das nicht später machen?« So etwas sage ich sonst nie, aber ich möchte jetzt nicht allein sein.

»Ja, sofort«, antwortet Mum. »Es tut mir wirklich leid, aber wir sind bald wieder da. Wir würden ja warten, aber unser trockenes Holz lagert am anderen Bachufer. Das Eis taut viel schneller, als wir gedacht hatten. Heute Abend kann es schon zu spät sein.«

Ich höre, wie Mum und Dad sich entfernen. Den Schlitten ziehen sie selbst, da die Hunde zu erschöpft sind. Rachel ist noch immer in unserem Zimmer. Ich sollte nach ihr sehen, doch ich kann mich nicht aufraffen. Gingers Flanken sind jetzt entspannt. Sie wirkt überhaupt nicht mehr trächtig, aber sie leckt nach wie vor an mir und allein ihre Wärme hält mich davon ab zu gehen. Irgendwann vergrabe ich meinen Kopf in ihrem Fell und weine. Nachdem ich einmal angefangen habe, kann ich nicht mehr aufhören.

Ich dachte, Dad würde mir dabei helfen, sie zu trainieren – wer kann Welpen schon widerstehen? Ich dachte, er würde sich vielleicht daran erinnern, dass wir, was Hunde anging, Partner waren und er stolz darauf war, mich mit meinem eigenen Gespann zu sehen.

Schließlich habe ich keine Träne mehr in mir.

Als ich aufblicke, kniet Rachel auf dem Boden.

»Becky«, sagt sie. »Da ist noch einer. Sieh mal.«

Ich hocke mich neben Rachel und lege vorsichtig meine Hand auf Gingers Bauch. Etwas Dünnes und Hartes bewegt sich unter meinen Fingern. Das Bein eines Welpen! Ginger atmet jetzt schneller und ihre Flanken beginnen wieder, sich zusammenzuziehen.

»Du hast recht«, bestätige ich.

»Hat er Schwierigkeiten, auf die Welt zu kommen?«
»Ich war erst einmal bei einer Geburt dabei«, antworte ich ihr. »Als der Hund von Dads Freund geworfen hat.«
Ginger beginnt zu hecheln. Sie dreht den Kopf und versucht, nach etwas Unsichtbarem zwischen ihren Beinen zu schnappen.
»Ganz ruhig, mein Mädchen«, sage ich und nehme meine Hand von ihrem Bauch, um ihr über den Kopf zu streicheln.
Ginger hechelt in immer kürzeren Abständen, erst langsam, dann schneller, immer wieder. Nichts geschieht. Kein Tier wird geboren. Rachel sitzt ganz still und tätschelt Gingers Kopf. Draußen winselt Salt.
»Bald muss der Kleine raus«, sage ich. Meine Hand liegt jetzt wieder auf ihrem Bauch. »Die Welpen, die ich gesehen habe, wurden ohne Probleme geboren, aber der Musher hat mir gesagt, was man tun muss, wenn es sehr lange dauert.« Er hat auch gesagt, was passiert, wenn es zu lange dauert, aber das erwähne ich Rachel gegenüber nicht.
»Können wir ihr irgendwie helfen?«
»Das Junge sollte von allein herauskommen. Aber wenn es nicht bald so weit ist, könnten wir ein wenig nachhelfen, indem wir es drehen … im Bauch.«
Rachel fährt Ginger mit der Hand über die Wirbelsäule. Winselnd legt die Hündin den Kopf auf den Fichtenzweigen ab.
»Alles wird gut, mein Mädchen«, versuche ich, sie immer wieder zu beruhigen.
Was für ein blöder Spruch! Woher kann ich wissen, dass alles gut wird? Und woher kann ich wissen, dass ich nicht noch

mehr Schaden anrichte, wenn ich versuche, ihr zu helfen? Was ist, wenn sie stirbt wie Bear? Dann spielt es keine Rolle mehr, ob sie mir vertraut oder nicht.

»Ich bin bei dir, mein Mädchen«, flüstere ich. »Ich passe auf dich auf. Ich lasse dich nicht im Stich.«

Eine Weile machen wir so weiter – Rachel tätschelt Ginger den Kopf und ich flüstere meiner Leithündin etwas ins Ohr, um sie zu beruhigen. Dann steht meine Schwester auf und schenkt mir Tee ein. Sie gibt sogar Zucker in den Becher, genauso wie ich es mag: heiß und süß.

»Danke«, sage ich. Rachel kniet sich wieder hin und wir trinken abwechselnd.

Ich gieße einige Tropfen auf eine Untertasse und halte sie Ginger unter die Nase. Sie hebt den Kopf, schnuppert und leckt den Tee auf. Daraufhin gebe ich ihr mehr und Rachel steht schweigend auf und füllt den Becher erneut.

Ginger winselt abermals, allerdings leiser als zuvor. Sie klingt erschöpft. Immer wieder legt sie sich nieder, nur um sich kurz darauf wieder zu erheben. Sie findet keine bequeme Position.

Der Tee ist abgekühlt. Ich blicke aus dem Fenster und merke, dass mehrere Stunden vergangen sind. Mum und Dad hätten längst wieder da sein müssen. Ich entzünde eine Lampe. Sie wirft Schatten auf Rachels Gesicht.

»Ich glaube nicht, dass dieser Welpe es schafft«, sage ich zu ihr.

KAPITEL 12

Ich bin müde, noch müder als auf dem Fluss gestern Nacht. Ich will, dass jemand mir die Last abnimmt, doch ich weiß, das wird nicht geschehen.

»Ich schaffe das«, behaupte ich. »Ich spüre es ganz sicher, wenn der Welpe Hilfe braucht.«

»Du weißt gar nicht, wie du ihm helfen kannst. Vielleicht fügst du Ginger nur mehr Schaden zu.«

»Das bekomme ich schon hin«, beruhige ich meine Schwester. Für Rachel ist es wichtig, dass ich wie eine Erwachsene reagiere. Für sie ist es wichtig, dass ich die Dinge in die Hand nehme. »Wenn Ginger so starke Schmerzen erleiden muss, dann darf es nicht umsonst sein. Sie und der Welpe müssen leben.«

Rachel zuckt mit den Schultern und wendet sich ab. Tränen laufen ihr über die Wange.

»Ich brauche deine Hilfe«, sage ich zu ihr.

Mit der Hand wischt sie sich die Tränen ab.

»Okay«, antwortet sie und holt tief Luft.

»Leg deinen Arm um Gingers Hals, als wolltest du sie kraulen – du sollst sie nicht runterdrücken, aber du musst dafür sorgen, dass sie sich nicht bewegen kann.«

Ginger ist sogar schon zum Winseln zu erschöpft. Jede Wehe in ihrem ansonsten reglosen Körper kann ich deutlich ausmachen. Eine Vielzahl von Gedanken schwirren mir durch den Kopf, während ich ihr zwischen die Beine greife. Ein Teil von mir möchte zu Mum und Dad laufen und sie holen, doch ein anderer Teil von mir sieht, dass selbst Mums Hand zu groß wäre. Vorsichtig schiebe ich meine Finger den Geburtskanal hinauf.
Ginger gibt ein kehliges Jaulen von sich, das klingt, als würde sie sprechen, als wüsste sie, dass ich ihr helfen will. Ich halte inne und höre, dass Rachel etwas murmelt, doch ich kann nicht verstehen, was sie sagt.
Am Boden liegend kann ich trotz der Lampe nur noch Umrisse erkennen. Ich schließe die Augen. Den Trick hat Mum mir beigebracht. Sie wendet ihn an, wenn sie mit einer Schnitzarbeit nicht weiterkommt. Mit geschlossenen Augen könne man sich besser konzentrieren, sagt sie immer.
Wenn ich meine Augen schließe, kann ich den Welpen spüren. Er ist hart und fest. Sobald ich die Finger zusammendrücke, fühle ich eine Bewegung.
Der Kleine lebt! Er windet sich in meiner Hand.
»Ich habe ihn«, jubele ich und grinse Rachel über Ginger hinweg an.
Langsam drehe ich meine Hand und taste mich um das zappelnde Hündchen herum. Es ist sehr eng. Ich versuche, es herauszuziehen, doch es scheint zwecklos. Kein Wunder, dass Ginger es nicht schafft, den Welpen herauszupressen. Abermals gibt sie den kehlig-sprechenden Laut von sich. Dann stöhnt sie auf und ist schließlich still.

»Kannst du dich nicht beeilen?«
Ich versuche, das Hundebaby so gut wie möglich zu fassen, und drehe es wie einen Türknauf. Nichts. Ich drehe es in die andere Richtung. Jetzt rührt sich etwas, wie der Deckel eines Marmeladenglases, der im nächsten Moment aufgeht.
Kurz halte ich inne und öffne die Augen. Rachel hat die Lampe neben mich auf den Boden gestellt. Doch ich will gar nichts sehen. Meine Finger sind zu Augen geworden, es ist, als wären sie eins mit dem Welpen.
Von der Lichtung her höre ich das Knarren des Schlittens. Holz prallt dumpf gegeneinander, als Mum und Dad es zu Boden werfen.
»Dieser kleine Kerl wird mein Wheeler«, sage ich laut. Der Wheeler ist immer der kräftigste Hund, der direkt vor dem Schlitten läuft und ihn in der Spur hält, wie unwegsam das Gelände auch sein mag.
Die Tür schlägt auf.
»Es tut mir so leid«, setzt Mum an. »Das Eis war nicht mehr sicher und wir mussten eine Brücke über den Bach bauen.«
In dem Moment beginnt der Welpe zu rutschen.
»Er kommt!«, rufe ich.
Einen Moment lang lasse ich meine Hand ruhen und der kleine Hund scheint sich von allein zu bewegen. Ich merke, wie er mir entgegengleitet, und weiß, dass er frei ist.
Er kann jetzt kommen.
Ich ziehe meine Hand heraus. Sie ist voller Blut, aber das ist mir egal. Ich setze mich auf die Fersen.
»Du kannst Ginger jetzt loslassen«, sage ich zu Rachel.

Sofort eilt sie an meine Seite. Das Licht der Lampe wirft Schatten auf Gingers weißes Fell. Sie dreht den Kopf und jault einmal laut auf. Mum kniet sich neben uns. Von Dad sehe ich nur die Stiefel.

•

Dann liegt ein weiterer durchsichtiger Beutel mit einem Welpen auf den Fichtenzweigen. Ginger leckt die Hülle ab. Da ihr Kopf davor ist, kann ich das Junge nicht sehen.

»Dieser Welpe kommt mit uns, Dad«, verkünde ich.

Vom Fluss her hört man das Eis unaufhörlich krachen. Ein Donnern schallt zu uns herüber, als es unter dem daraufstehenden Wasser von einem Ufer zum anderen bricht.

Plötzlich vernehme ich ein leises Winseln an Gingers Schnauze. Sie hat ihren Welpen fertig abgeleckt und frisst nun etwas, was wie Leber aussieht.

»Becky?«, fragt Rachel.

»Ja?«

»Wird dieser hier überleben?«

»Ganz sicher«, sage ich zu ihr. »Hör doch mal.«

Der Kleine zappelt und quiekt auf den Zweigen. Rachel schaut genauer hin.

»Ein Rüde«, stellt sie fest.

Dad legt seine Hand auf meinen Arm.

»Sieh ihn dir an«, sagt er.

Ich nehme ihn hoch und halte ihn ins Licht.

Er ist riesig! Das fühle ich, sobald ich ihn trage. Er ist ziemlich rund – aber nicht fett – und hat einen gewaltigen Kopf mit Schlappohren. Ich muss ihn gut festhalten, als ich ihn mir unter der Lampe anschaue.

Er ist noch nass, aber man kann bereits erkennen, dass er kein bisschen wie Ginger aussieht. Er sieht aus wie – und jetzt weiß ich, was Dad meinte – wie eine Mischung aus Neufundländer und Irish Setter.

Ich fahre dem kleinen Hund mit den Fingern über den Rücken, um ihn trocken zu reiben und sein Fell zu spüren. Vor wenigen Minuten habe ich ihn noch in Gingers Körper berührt. Es ist zu unglaublich, um wahr zu sein.

Sein Fell ist schwarz. Ich trockne seinen rot gefleckten Schwanz und plustere ihn auf, indem ich ihn gegen den Strich streichle. Er hat eine breite Brust und lange Beine.

»Siehst du es?«, fragt Mum.

Ich nicke und spüre einen Kloß im Hals.

»Es ist Bears Sohn.« Ich fahre ihm über die Beine, den Bauch und schließlich über den Hals. »Aber er hat auch etwas von Ginger.« Vom Hals bis über seine Brust erstreckt sich ein weißer Fleck.

Der Welpe quiekt, lauter, immer lauter – wie kann ein Neugeborenes so laut quieken? – und windet sich in meiner Hand, bis ich ihn behutsam zu Ginger lege. Sie wedelt mit dem Schwanz.

Der Welpe kriecht näher an sie heran und schiebt suchend seine Schnauze vor, bis er eine Brustwarze findet und zu saugen anfängt. Ich höre, wie Mum hinter mir Rachel ins Bett trägt. War der ganze Tag tatsächlich schon vergangen?

»Ich bin nicht müde«, protestiert sie.

»Nur ein kleines Nickerchen«, meint Mum.

Dad und ich sitzen da und beobachten Gingers und Bears Welpen, während die Nordlichter vor dem Küchenfenster tanzen.

Das Feuer im Ofen knistert und Dad schenkt uns beiden heißen Tee ein.

Ich bin mir sicher, dass Ginger keinen weiteren Welpen mehr in sich trägt, aber das ist in Ordnung. Es ist sogar besser, da ich nun keinen ganzen Wurf mit zurück in die Stadt nehmen muss. Ein kleiner Welpe passt sogar in meinen Rucksack und wird keinerlei Probleme bereiten.

Ich habe davon geträumt, eines Tages Hunde mit langen Beinen, wie moderne Rennhunde sie haben, und der breiten Brust der alten Nutztiere zu züchten. Bears Welpe wird den Anfang dieser Zucht bilden.

Ich habe bereits ein Team unter meine Fittiche genommen, das andere Musher erschossen hätten, und habe es zu leistungsfähigen Hunden erzogen, zu meinem eigenen Gespann mit Herz. Was ist dann erst mit einem Welpen wie diesem besonderen kleinen Wesen möglich?

»Weißt du noch, Dad, wie du mir immer gesagt hast, ich könne meine eigenen Hunde züchten? Genau das tue ich jetzt.«

»Ich wusste, dass es so kommen würde, Becky«, antwortet er.

Ich strecke den Arm aus und streichele dem Welpen über den warmen Rücken. Er trinkt nicht mehr und ist mit offenem Maul eingeschlafen. Ab und zu rulpst er und zuckt kurz zusammen, entspannt sich aber im nächsten Moment bereits wieder. Sein Fell ist trocken und flauschig. Im Schein der Lampe sehe ich seinen schwarzen Rücken, den rot gefleckten Setterschwanz und die weiße Brust seiner Mutter. Ich habe das Gefühl, ihn schon mein ganzes Leben zu kennen.

Neben Ginger und dem Welpen schlafe ich ein. Irgendwann

wache ich auf und merke, dass ich am Ofen liege und Ginger in mein Ohr atmet. Jemand hat einen Schlafsack über mich geworfen und mir ein Kissen unter den Kopf geschoben. Ich strecke den Arm aus, um Ginger zu streicheln, als ich bemerke, dass Dad am Küchentisch sitzt und Tee trinkt.

»Schlaf weiter, Becky«, sagt er. Dann sehe ich Mum mit einer Lampe in der Hand aus dem Schlafzimmer kommen.

»Alles in Ordnung, Becky?«, fragt sie mich und bleibt im Türrahmen stehen. »Willst du nicht lieber in dein Bett gehen? Nicht, dass dir kalt wird.«

»Ich muss auf Ginger und den Kleinen aufpassen«, antworte ich schlaftrunken.

»Na gut«, gibt Mum nach.

»Ich muss mit dir reden«, spricht Dad sie an.

Im Licht der Lampe wirkt ihr Gesicht weich und jung. Das Haar fällt ihr offen auf die Schultern.

Sie dreht sich um und geht zurück ins Schlafzimmer. Dad steht auf und folgt ihr. Ich beobachte, wie der erleuchtete Spalt immer schmaler wird, bis sich die Tür hinter ihm schließt.

Der Welpe beginnt, sich neben Ginger zu strecken und zu gähnen, und schmiegt sich dann eng an seine Mutter, um wieder zu trinken.

Chili ist das temperamentvollste Gewürz von allen. Er soll Chili heißen.

KAPITEL 13

Noch mehrmals in dieser Nacht wache ich auf und strecke meine Hand aus, um zu prüfen, ob es Ginger und dem Welpen gut geht. Eine Weile höre ich, wie Mum und Dad sich im Dunkeln unterhalten, doch ich kann nicht verstehen, was sie sagen. Chili macht viel Lärm für jemanden, der erst einige Stunden alt ist!

Irgendwann ist es Morgen und Rachel stürmt auf Händen ins Zimmer. Sie steht kerzengerade, bevor sie mit einer Rolle neben mir landet.

»Wie geht es dem Kleinen?«, erkundigt sie sich und kniet sich vor ihn.

»Sehr gut – er ist schon dicker geworden.«

Ich nehme ihn auf und halte ihn ihr hin. Sein Bauch ist fest und rund. Quiekend windet er sich.

»Chili«, sage ich, »das ist Rachel.«

Rachel drückt das Kerlchen, das auf der Suche nach Milch den Kopf unruhig hin und her bewegt, an ihre Brust.

»Aua«, ruft sie. »Er saugt an meinem Hemd. Das ist ja eklig!«

Schnell gibt sie ihn mir zurück wie eine heiße Kartoffel und ich setze ihn neben Ginger ab.

»Will jemand Pfannkuchen?«, fragt Mum. Ungekämmt und

barfüßig steht sie am Küchentisch. Das Hemd hängt ihr aus der Hose, ein Bleistift steckt hinter dem Ohr. Gähnend streckt sie sich. »Ich habe vielleicht einen Hunger«, sagt sie und reibt sich die Augen.

»Ich will zehn Pfannkuchen«, bestellt Rachel und macht Flickflacks, »und einen ganzen See aus Sirup.« Sie schnellt in die Höhe, schlägt die Beine zusammen wie eine Schere und springt dann erneut in den Handstand, wobei sie mit den Beinen an ein Regal stößt und ihr ein ganzer Haufen Taschenbücher auf den Kopf regnet. Allerdings scheint es sie nicht zu stören. Unbeeindruckt kauert sie sich zusammen und macht Vorwärtsrollen quer durch den Raum.

»Geschafft!«, ruft sie, als sie wieder auf den Füßen steht.

Wir alle müssen lachen. Dad steht im Türrahmen des Schlafzimmers und hat ihr von dort zugeschaut. Sein Lächeln kann man nur an den Mundwinkeln erkennen, aber zumindest bemüht er sich.

Es ist erst einen Tag her, seit wir nachts mit den Schlitten unterwegs waren und uns über das brüchige Eis bis zum Blockhaus gekämpft haben. Jetzt sind wir angekommen und lachen. Und statt eines Leithundes, welcher einen Wurf Welpen im Bauch trägt, die ich nicht mitnehmen kann, habe ich einen Riesenwelpen, der sein ganzes Leben lang mir gehören wird.

Doch eine Sache möchte ich noch tun. Ich ziehe Mantel und Stiefel an.

»Bin gleich wieder da«, verabschiede ich mich. »Passt ihr bitte kurz auf Chili und Ginger auf?«

Die Morgenluft ist frisch und der Himmel noch dunkelblau,

nur ein paar vereinzelte kleine Wolken ziehen vorüber. Ich sehe unsere Schlittenspuren von letzter Nacht auf der Lichtung und der Uferböschung. In dem nun gut einen halben Meter hoch auf dem Eis stehenden Wasser verlieren sie sich.
Zurück kommen wir auf diesem Weg niemals – zu tief sind die riesigen Lachen. Wir werden abwarten, bis der Boden einigermaßen trocken ist, und dann zu Fuß an Land und ohne Schlitten über die Pässe gehen müssen.
Ich schlendere am Ufer entlang, während die Sonne über den Bergen aufgeht und den Schnee in Licht badet. An der Oberfläche ist er noch fest vom Frost der letzten Nacht. Unter der Eiskruste jedoch ist er matschig. Um die Fichten sieht man bereits das Moos in der Sonne leuchten und dazwischen die schwarze Erde.
Dann entdecke ich sie. Kleine, ovale Blätter mit roten Beeren dazwischen.
Preiselbeeren, taufrisch nach ihrem Winterschlaf unter dem Schnee! Ich nehme meine Mütze ab, knie mich nieder und pflücke.
Die Pflanzen haben grüne Blätter und die Beeren sind keinesfalls schrumpelig oder trocken, sondern so saftig wie beim ersten Schneefall. Sie riechen nach Hefe wie Mums Brot, wenn es gerade aufgeht. Unter einem Baum nach dem anderen suche ich im Moos nach Beeren, bis der Boden meiner Mütze bedeckt ist.
Später werde ich den weißen Welpen hierherbringen und ihn unter dem größten Baum begraben. Dann werde ich die schönsten Steine, die ich finden kann, darauflegen und ihm,

bevor ich mich verabschiede, einen Namen geben. Ich werde ihn nicht nach einem Gewürz nennen wie die anderen Hunde, sondern nach etwas Süßem.

Zucker, er soll Zucker heißen.

Überall um mich herum schmilzt der Schnee. Eine warme Brise wiegt die Spitzen der Fichten.

Chili. Ich spreche den Namen meines Welpen laut aus. In zwölf Tagen wird er seine Augen öffnen und mich erkennen. In drei Wochen kann ich mit ihm hinausgehen und er folgt mir. In einem Monat, wenn wir dann noch im Blockhaus sind, wird er schnüffelnd durch das neue Gras laufen und lernen zu gehorchen, wenn ich nach ihm rufe.

Ein Rabe fliegt von unserem Ufer des Flusses auf die andere Seite. Dabei gleitet er schräg mit seinen schwarzen Flügeln dahin, bis er krächzend kehrtmacht.

Ich lege die Mütze auf den Boden und suche eine Stelle, die bereits abgetaut ist. Dann stelle ich die Beine hüftbreit auseinander und mache einen Handstand. Wankend bewege ich mich vorwärts, bis meine Hände in Schnee fassen. Ich springe wieder auf die Füße.

»Geschafft!«, rufe ich.

Plötzlich kracht das Eis auf dem Fluss wie ein Pistolenschuss. Am Rand der Rinne, wo die Strömung am stärksten ist, bricht eine Eisscholle ab. Ein Fischotter streckt seinen Kopf heraus und wackelt mit den Barthaaren. Er sieht aus wie ein junger Hund.

Ich möchte, dass alle ihn sehen.

»Kommt mal her, schnell!«, rufe ich und renne auf das Blockhaus zu. Dabei hüpft die Mütze mit den Beeren in meiner Hand auf und ab. »Ich muss euch etwas zeigen.«

Der Otter verlässt das Wasser, gleitet durch die Lache auf dem Eis und robbt dann die Uferböschung hinauf. Oben angekommen hält er inne, wackelt abermals mit den Barthaaren und rutscht wieder hinunter. Dabei hinterlässt er eine Spur, die aussieht wie eine Schlittenwanne.

Dad steht mit Rasierschaum im Gesicht in der Sonne. Eine Zigarette hängt ihm im Mundwinkel. Mum, ihren Skizzenblock in der Hand, eilt zusammen mit Rachel aus dem Blockhaus. Gemeinsam laufen wir zum Ufer. Dad kniet nieder und spritzt sich kaltes Wasser ins Gesicht, um die Schaumreste abzuwaschen. Mum greift nach dem Stift hinter ihrem Ohr.

Als sich Dad wieder erhebt, ist sein grauer Bart ab und ich kann sein schmales Gesicht so genau betrachten wie schon lange nicht mehr. Unterdessen stürzt sich Rachel übermütig auf Händen die Böschung hinunter, worauf der Otter verschwindet.

Mum grinst und legt mir einen Arm um die Schulter. Auf ihrem Skizzenblock kann ich die Umrisse unserer Küche im Blockhaus mit Ginger darin erkennen. Daneben glaube ich mich selbst knien zu sehen.

»Es ist Frühling«, sagt Mum.

Pepper beginnt, auf der Lichtung ein Freudengeheul auszustoßen. Salt stimmt mit ein, dann auch Dads Hunde. Vom Schornstein des Hauses weht Rauch in Richtung der sonnigen Gipfel.

Ich atme die frische Bergluft tief ein. Wir sind zu Hause.

Joanne Bell stammt ursprünglich aus England. Zehn Jahre war sie in Kanada mit Hundeschlitten in den Ogilvie-Bergen im Bundesstaat Yukon unterwegs und lebte dort in abgelegenen Berghütten. Diese Erfahrung hat sie in ihrem ersten Roman, *Unterwegs in der Wildnis,* verarbeitet. Bell wohnt heute in Dawson City (Yukon), wo sie als Lehrerin tätig ist.